무지개가 있는 풍경

무지개가 있는 풍경

발행일	2021년 6월 7일

지은이	허문준		
펴낸이	손형국		
펴낸곳	(주)북랩		
편집인	선일영	편집	정두철, 윤성아, 배진용, 김현아, 박준
디자인	이현수, 한수희, 김윤주, 허지혜	제작	박기성, 황동현, 구성우, 권태련
마케팅	김회란, 박진관		
출판등록	2004. 12. 1(제2012-000051호)		
주소	서울특별시 금천구 가산디지털 1로 168, 우림라이온스밸리 B동 B113~114호, C동 B101호		
홈페이지	www.book.co.kr		
전화번호	(02)2026-5777	팩스	(02)2026-5747

ISBN	979-11-6539-785-2 03810 (종이책)	979-11-6539-786-9 05810 (전자책)

(주)북랩 성공출판의 파트너

북랩 홈페이지와 패밀리 사이트에서 다양한 출판 솔루션을 만나 보세요!

홈페이지 book.co.kr • **블로그** blog.naver.com/essaybook • **출판문의** book@book.co.kr

작가 연락처 문의 ▶ ask.book.co.kr

작가 연락처는 개인정보이므로 북랩에서 알려드릴 수 없습니다.

무지개가 있는 풍경

허문준 자전소설

가난하지만 행복했던
그날들의 무지개는 어디로 사라졌을까

북랩 book Lab

머리말

　이 소설은 순전히 나에 관한 이야기입니다. 나의 어릴 적 기억을 더듬어서 점과 점을 잇고 줄과 줄을 엮고 면을 넓혀서 이야기를 만들었습니다.

　오래된 사진을 보면서 그 시절의 생각에 빠져 버릴 때 사진이 움직이는 것은, 기억이 사진에게 숨을 불어넣는 것이지요. 기억이란 때로는 신용이 없는 물건입니다만 불신의 틈새에서도 무지개처럼 피어납니다. 추억은 아름답습니다.

　세상에는 서로 같은 것들도 있고 서로 다른 것들도 있습니다. 그러나 다시 생각해 보면 세상에는 서로 같은 것이 없기도 하고 서로 다른 것이 없기도 합니다. 봄철이면 주변에서 민들레를 흔히 볼 수 있습니다. 이 민들레와 저 민들레는 같다고 할까요, 다르다고 할까요? 같기도 하면서 자세히 보면 다르기도 하지요.

　'나'도 '너'와 같기도 하고 다르기도 합니다. 서로가 관심을 가지면 말이 통하고 마음이 통하고 같아집니다. '네가 아프냐? 나도 아프다!' 서로 사랑하면 내가 네가 되고, 같이 아프고, 같은 사람이 됩니다.

나의 기억도 너의 기억이 됩니다.

이 소설을 카톡에 연재하던 중 평소에 가르침을 종종 주시던 선배에게서 메시지가 와서 답변한 적이 있습니다.

Q. 일인칭 작법으로 서사하는 글에서 나는 지금 내 속에 남아 있는지요?
'자각하는 자, 보는 자, 아는 자'로서의 '나'가 서술하고 있는지요?

A. 선배님의 말대로 일인칭 소설에서 나의 존재란 전부를 말하는군요. '나', 그렇지요. 조그만 글 토막에도 내가 쓴 내가 있군요. 그리고 그 나를 찾고, 나를 기억하고, 나를 묘사합니다. 그러다 보니 나는 글을 쓰고 있는 내가 아니고 글 속의 내가 되어 버립니다. 그래서 내 기억의 첫 장면부터 다시 살고 있습니다. 한 살, 두 살, ……여덟 살, …… 열여덟 살. 그래서 이 소설 중에는 나의 18년이 살아납니다.
나는 또한 이 글을 읽는 사람이 될 수도 있습니다. 나의 글이 진실하고 그래서 공감을 갖게 하고 재미있다면, 글 속의 나는 살아나 독자의 마음속에서 말하고, 움직이고, 울고, 웃게 됩니다. 정말로 감동을 준다면 독자는 내가 되고, 나는 독자가 됩니다. 독자는 어느덧 한 살이 되고 두 살이 되고 열여덟 살이 됩니다.

세상에는 많은 다른 것이 있지만 같은 것이 될 수도 있습니다. 나는 나의 이야기를 진솔하게 써 드리면 나의 아픔이 독자의 아픔이 되고 독자의 기쁨이 나의 기쁨이 되리라 희망해 봅니다.

목 / 차

소년기

유년기

최초의 기억

　내 평생 최초의 기억은 내가 기어 다니던 때다. 그러니까 첫돌 쯤이 아닌가 생각한다. 나의 이런 기억담을 듣는 사람 모두가 그에 동의하지 않는다. 나의 기억이어서 그들이 알 수 없는 영역인데도 줄곧 아니라고 손사래 친다.

　내가 기어 다닐 때를 기억하는 것은 조그만 사고 때문이다. 어릴 때 나는 혼자 기어서 집 밖으로 나가 돌아다녔다고 한다. 할머니와 어머니가 많이 바쁘셨던 건지, 그 시절에는 아이들을 다 그렇게 내버려 두었던 건지는 몰라도, 할머니는 내가 그렇게 기어 다녀서 무릎이 '가부리 껍데기(말린 가오리의 껍질)' 같았다고 했다.

　사고가 났던 날도 동네를 홀로 기어 다니다가 개울로 내려가는 돌계단에서 굴렀다고 했다. 그때 이웃에 살던 주야 누나가 나를 붙잡아 주었고, 울고 있는 나를 할머니에게 데려다주었다고 한다. 나는 계단에서 구르던 도중 주야 누나가 나를 붙들고 안아 주던 장면을 기억한다. 그 사건에 대해 숱하게 들은 얘기들이 내 기억의 방에 들어와 나의 체험으로 인식하게 된 것인지도 모르겠다.

그 후 유치원 다닐 때까지의 기억은 몇 가지가 남아 있다.

첫 번째는 고모의 처녀 시절 일이다. 그 시절의 크리스마스는 그 뜻과는 다르게 전통 명절보다 더 번잡하고 화려하였다. 정작 크리스천들은 고작 교회에서 예배하고 밤새 돌아다니면서 신자들 집 앞에서 찬송가를 부르는 것이 다였는데, 오히려 신앙심도 없는 사람들이 12월 들어 거리에 넘쳐흐르던 캐롤을 듣고는 소음에 대한 거부감도 없이 신나는 크리스마스 분위기에 가슴 설레어 했다.

고모가 은행에 다니고 있을 때였는데, 크리스마스 선물을 받아 왔다. 집에 도착하자마자 선물은 할아버지 앞에서 펼쳐졌고, 와이셔츠 상자만 한 상자에는 미제 비스킷이 가득 들어 있었다. 할아버지는 뚜껑을 다시 닫고는 그 상자를 마루의 선반에 올려놓고, 아무도 손대지 못하게 하셨다. 할아버지가 비스킷을 먹고 싶을 때는 나만 불렀다. "준아, 일로 온나. 할배하고 까자 묵자." 하면 얼른 가서 "할배, 진짜 맛있데이." 하면서 머리를 맞대고 먹었다. 아직까지 코끝에는 그 달콤한 냄새가 배어 있어 지금도 그 맛이 그립다. 그래서 수입 비스킷을 사서 먹어 보면 향기는 그 시절을 떠올리게 하나, 맛은 그 맛이 아니었다.

또 다른 기억은 고모가 시집갈 때다. 아버지 형제는 1남 1녀로, 고모는 한 분뿐이었다. 우리 집에 살다가 늦게(엄마보다 한 살 위였는데 엄마는 열여덟에 시집오고 고모는 늦게 결혼했다.) 부산대 상대를 나와 은행에 근무하던 고모부를 만났다. 고모가 고모부의 고향인 고성으로 시집가는 날이었다. 택시를 잡아 놓고 여러 사람이 배웅을 하는 참이었다. 그때 내가 고모랑 같이 가겠다며 길바닥에서 뒹굴었다. 고모는 나와 같이 가겠다고 했는데 어머니가 한사코 떼어 놓아, 우는 나를 두고 택시는 떠났다. 그 후 고모 내외는 우리 집 아래채에 살았는데, 내가 국민학교에 들어갈 때쯤 걸어서 10분 정도 되는 거리에 반듯한 집을 사서 이사를 갔다. 우리 집에 있을 때부터 사촌들끼리 형제같이 살면서 서로 "할매는 우리 할매다." 하고 우기면서 컸고, 이사를 가서도 서로 자주 왕래하며 같이 놀았다. 내 여동생과 사촌 여동생은 단짝으로 친했는데, 부모가 지어 준 이름이 싫다고 자기들끼리 작명을 하여 '이쁜이'와 '금순이'라고 부르며 어깨동무를 하고 다녔다. 이사를 가서도 아이들뿐만 아니라 어른들끼리도 처남 매부 간에 허물없이 지냈다.

좀 더 자라서 고모가 송도에 있던 시가 쪽의 친척집에 나를 데리고 간 적이 있었다. 바닷가 모래사장에 축대가 있었고, 계단 위에 집이 있었다. 그 집에 들어가 미숫가루 탄 물을 먹었고, 어른들이 얘기하고 있을 때 나 혼자 집을 나왔다. 계단을 내려와서 모래사장을 걸어 다니며 동네 구경을 했다. 구경을 끝내고 그 집으로 돌아오는데, 계단을 올라가 보니 그 집이 아니었다. 다시 내려가 이 집 저 집을 헤맸다. 계단 집은 많았으나 그 집은 찾을 수가 없었다. 나는 미아가 되었다. 울면서 왔다 갔다 하는 나를 보고 근처 노점상 할머니가 자기 집에 가서 같이 살자고 하며 옆에 앉게 했다. '나는 영락없이 부모를 잃고 낯선 할머니와 살게 되었구나.' 하고 애달픈 마음으로 새로운 인생을 받아들이려고 할 무렵, 고모가 나타났다. 고모는 뒤늦게야 내가 없어진 것을 알고 그 집 식구들과 함께 나를 찾아 나선 것이다. 나를 부르며 달려오는 고모를 보고 얼마나 반가웠는지. 그 뒤로도 내가 그 할머니를 따라갔으면 내 인생이 어떻게 되었을까 하고 생각하곤 했는데, 그때마다 끔찍해서 가슴을 쓸어내렸다.

내가 해운대를 처음 가 본 것도 아주 어릴 때였다. 나에게는 할아버지의 동생 되시는 작은할아버지가 계셨는데, 딸만 육 공주를 낳으셨다. 그 뒤 시앗을 보아 아들 하나를 귀하게 얻으셨다. 나에게 당숙이지만 나보다 손아래였다. 그 당숙이 생기기도 전, 당고모 몇 분이 나를 데리고 해운대에 있는 지인 집으로 피서를 갔다. 당시 해운대는 부산 시내와는 너무 멀리 떨어져 있어, 해수욕장이라고도 말할 수 없는 자연 그대로의 바닷가였다. 동백섬에서 달맞이고개까지 그 너른 백사장이 아무런 방해물도 없이 한없이 펼쳐져 있었다. 한여름이었는데도 주위에 사람들도 거의 없었다. 우리는 수박을 바닷물 속 모래 바닥에 파묻고 파도 속을 들락거리며 놀고 있었다. 그때 바닷물 속에서 놀고 있던 서너 명의 청년들이 고모들에게 와서 무어라고 말을 붙였다. 그러면서 그들이 가져온 '침대 우끼(일인용 침대 모양의 튜브)'에 나를 태우고 바다 멀리까지 데리고 나가는 것이었다. 처음에는 출렁이는 파도에 재미있기도 했지만 차츰 해변에서 멀어지자 무서워졌다. 그래서 내가 나가겠다고 했는데도 자꾸만 수평선 쪽으로 나가는 것이었다. 얼마 후에 돌아오긴 했지만, 깊이도 모르는 시퍼런 바다 위에서 무척 마음을 졸였었다. 그들은 나 이외엔 여자들뿐인 우리 일행이 눈에 뜨여서 장난을 친 것이고 그중에 특히 결혼하지 않았던 막내 고모가 목표였을 것이다. 막내 고모는 이화여고를 졸업한 미모의 아가씨였던 것이다.

예약된 집에서 사흘간을 잤는데 잔등이 빨갛게 햇볕에 타서 따가워 잠을 설쳤다. 다음 날 다시 백사장에서 햇볕을 피하느라 고생했다. 그날 밤 다시 잠들기가 두려웠는데 따가움이 첫날보다 덜했고, 사흘째 밤에는 따가움은 가시고 슬슬 가렵기 시작했다.

이후 막내 고모님은 미국인 변호사와 결혼하셨고 지금은 고모 남매 중 오 남매가 미국 샌프란시스코와 LA에 살고 계신다.

2
가족 관계

할아버지는 내가 국민학교 1학년 때 돌아가셨다. 우리 식구는 일곱 명이었는데 할아버지가 돌아가시고 나서는 여섯 명이 되었다가, 1년 뒤에 막내 동생이 태어나서 다시 일곱이 되었다. 할머니와 3대가 같이 살았으므로 대가족이었다. 이웃이나 학교 동무들의 가족 중에도 대가족은 드물었고, 나는 단란하게 사는 핵가족이 부러웠다. 내가 3남 1녀의 장남으로 태어난 것과, 대가족으로 산다는 것과, 초가집에 산다는 것이 싫었다. 어린 마음에도 가족에 대한 책임에 부담감을 느꼈던 것 같고 복잡한 것보다 단순한 것, 오래된 것보다 새로운 것을 더 선호했던 것 같다. 그래서 제사 지내는 것도 싫었고 점심시간에 경로당으로 할아버지 부르러 다녔던 것도 싫었고 도시락에 들어 있던 산적 반찬이 싫었다.

그러던 중 기회가 왔는데, 아버지가 할아버지와 다퉈서 우리를 데리고 분가를 하신 것이다. 우리들은 검정다리(보수천 중류에 설치되어 중구 보수동과 서구 동대신동을 연결하던 다리) 건너 길가의 '나가야집(일본식 집)' 2층에 세 들어 옮겼다. 방이 '후스마(나무틀을 짜서 양면에 두꺼운 헝겊이나 종이를 바른 미닫이 문)'로 나누어진, 방 두 칸 짜리 집이었다. 초가집 방보다 반듯하고 천장이 높고 넓었으며, 바닥은 다다미방(바닥에 일본식 돗자리를 깐 마루방)이었다. 겨울이었는데 온돌방이 아니어서 유단포(뜨거운 물을 넣어 쓰는 납작한 수통 형태의 난방 기구)를 이불 밑에 넣어 사용했지만, 난방이 제대로 안 되어 무척 추웠다. 춥기도 하고 길갓집이라 차들이 지나가는 소리에 잠이 잘 오지 않았다. 특히 하늘에서 제트기 날아가는 소리가 들려오면, 그 시절 뉴스에서나 입소문으로 회자되던 비행접시인 줄 알고 혼자서 무척 무서워했다. 어머니는 본가에도 왔다 갔다 하면서 두 집 살림을 했으니 더 힘든 생활을 하셨다. 하지만 얼마 되지 않아 할아버지와 아버지가 화해를 하셨는지 다시 합가를 했다.

할아버지는 가부장적 '파쇼'를 하셨고, 아버지는 외아들로 자라 이기적인 데다 꼿꼿한 성격이라 두 분 사이는 평화가 깃들기 힘든 궁합이었다. 그 때문에 할머니도 어머니도 힘든 시집살이를 하셨다. 아버지는 독자답게 타인에 대한 배려심이 없었다. 몸도 약했다. 큰 병치레는 없었으나 평생 감기를 달고 다녔다. 가족에 대한 책임감도 크게 느끼지 않았기 때문에 그 짐을 어머니가 짊어지셨다. 어머니는 평생 감기 한 번 앓지 않았던 건강체로 부지런히 일만 하셨다. 어머니 형제들은 부지런하고 현실적이어서, 외삼촌들은 광복동에서 큰 사업들을 하고 계셨다.

아버지는 나에게만 관심을 가지신 듯하다. 나만 데리고 영화도 자주 보러 다니셨는데, 어린이가 볼 수 있는 영화가 드물어서 그 랬는지 디즈니 만화영화인 「백설공주와 일곱 난쟁이」를 세 번이나 보았다. 왕비의 질문을 받은 마법 거울 속에 유령 같은 얼굴이 나와서 대답하는 장면이 너무 무서워, 그 장면이 나오면 눈을 꼭 감고 있었다.

여름이 되면 가족들이 해수욕을 다녔다. 송도는 사람들이 너무 많고 바닷물도 더러웠기 때문에 '시발차(국제차량제작주식회사가 만든 것으로, 미군으로부터 불하받은 지프차를 개조하여 만든 지프형 승용차)'를 대절하여 해운대로 자주 갔다. 하루는 아버지가 나만 데리고 해운대 해수욕장으로 갔는데 처음 보는 처녀 두 명과 함께였다. 비치파라솔 아래 넷이서 어색하고 불편하게 있었다. 그 누나들은 예뻤고, 나는 누나들과 아버지의 관계가 궁금하였으나 누구냐고 묻지도 못하고 있었다. 그런데 그 누나들이 아버지와는 대화를 많이 하지 않고 자꾸 이것저것 물어보며 나와 놀려고 했다. 아버지는 수영을 잘해서서 혼자서 멀리까지 헤엄쳐 나갔다 오기만 하셨다.

아버지는 노래도 잘 부르셨고, 들은 얘기지만 사교춤도 잘 추셨다고 한다. 술은 한 잔을 못 이겼다. 여자 문제로 부부싸움이나 소문이 난 적은 없었다. 당구, 탁구, 바둑 등 잡기는 못하시는 게 없었으나 주색은 가까이 하지 않은 듯했다.

어머니는 노는 것과는 거리가 멀었다. 내가 국민학교 저학년일 때, 아버지 다니시던 회사에서 가족들을 동반한 야유회를 간 적이 있었다. 행선지는 통도사였다. 버스를 대절하여 갔는데, 가는 길 차내에서부터 노래를 부르기 시작했다. 아버지가 사회 보신다고 마이크를 잡고 분위기를 띄우셨는데 참석자 중 끝까지 노래를 안 부른 사람은 어머니뿐이었다. 어머니는 별다른 취미는 없었고 일만 하셨다. 한참 지나 대학 다닐 때 어머니가 "나는 은방울 자매가 부른 마포종점이 좋더라."라고 하시는 말씀을 딱 한 번 들었다.

3
친척들

　할아버지 형제는 남자만 넷이었다. 세 분은 대신동에서 가까운 곳에 사셨고 셋째 할아버지만 시골에서 사셨다. 약속이나 한 듯이 네 형제가 아들을 한 분씩만 두었다.

　우리 집은 동대신동1가, 작은할아버지는 동대신동2가, 큰할아버지는 서대신동1가에 사셨다. 서로 걸어서 20, 30분 거리에 있었다. 큰할아버지는 이미 작고하셨고, 큰아버지—당백부인데 그렇게 불렀다—슬하로 3남 3녀가 있었으며, 작은할아버지는 다른 배에서 나보다 연하의 아들을 보셨다.

　큰아버지는 사업을 크게 하셨다. 집도 컸다. 넓은 가정집과 이층 건물이 붙어 있는 본채와 길 건너 공장을 갖고 있었다. 본채 이 층 건물과 길 건너 공장에서 플라스틱 생활용품을 찍어 내고 있었다. 공장 구경을 하면 여러 가지 색깔의 쌀알 같은 원료가 기계에 들어가 프레스로 찍혀 빗, 장신구 같은 것이 되어 나왔다. 당백부는 큰돈을 버셨다. 들은 얘기로는 돈을 주체하지 못해 자루에 넣어 마루 밑에 숨겨 두기도 했고, '럭키(지금의 LG)' 회사의 '구씨'가 돈을 빌려달라고 큰아버지를 찾아오기도 했다고 한다. 그때 럭키 회사는 '동동구리무(북을 두드리며 팔았던 화장품의 일종)'를 만들어 팔았다. 큰아버지는 차도 직접 운전했는데, 한번은 지프차에 우리를 태우고 가다가 보수동 사거리에서 신호에 걸려 서 있을 때였다. 큰아버지가 부르니까 교통순경이 다가와 인사를 하는 것이었다. 우리가 무서워하는 순경도 굽실거리게 하는 큰아버지가 대단하게 보였다. 큰아버지에게는 자동차보다도 더 근사한 게 있었는데 조수석이 옆에 붙어 있는 오토바이였다. 아마 일제강점기 순사들이 기관총을 걸어 놓고 독립군을 추적할 때 타던 것이 어찌하여 큰아버지 손에 들어온 모양이었다. 그러나 나는 보기만 했을 뿐 타 보지 못한 것이 못내 아쉬웠다. 큰아버지는 배도 있었다고 들었다. 부산고등학교를 다녔던 6촌 형님이 있었고 나와 동갑내기인 동생도 있었는데 국민학교를 같이 다녔다. 6년 중 2년을 같은 반에 있었다. 도덕 시간에 '의좋은 형제(이성만, 이순 형제)' 이야기를 배웠다. 달밤에 형제간에 벼 섬을 형님 먼저 아우 먼저 하면서 서로 상대방 집에 몰래 가져다 놓다가 마주치게 되어 얼싸 안고 눈물을 흘렸다는, 형제간의 우애를 찬양한 이야기였다. 선생님이 우리가 6촌 지간임을 아시고 둘을 불러 연극을 시킨 것이다. 학교에서는 서로 친하게 지내지 않는 사이였던 데다가, 더구나 아이들 보는 데서 쑥스러운 연극을 시키니 몸이 비틀리도록 부끄러웠다. 그래도 선생님 말씀이라 겨우 시늉은 했다.

4·19 학생 시위에서 데모가 한창 가열되었을 때, 아침에 아버지가 큰아버지 댁에 나를 보내시며 형더러 데모에 나가지 말라고 전하는 심부름을 시키신 적도 있었다. 그 일이 있을 즈음 큰아버지 집안에도 큰 풍랑이 몰아쳤는데, 큰아버지가 아편을 시작한 것이었다. 가세는 급격히 기울었다. 그 큰 집도 팔고 남부민동으로 이사를 갔다. 거기서 사업을 회생시키려고 했으나 그곳에서마저 거덜나고 자취를 감추게 되었다. 설상가상 큰어머니가 어깨 수술을 크게 하시고 입원하고 있었는데 병원비가 없었다. 6촌 형제들이 큰어머니를 부축해서 병원에서 야반도주하고서는 얼마 되지 않아 돌아가셨다는 소문만 들었다. 집안은 풍비박산이 나고 나와 동갑내기인 동생은 외항선을 탄다고 했다.

혈연 간의 응집력은 제사를 통해 유지된다. 원래는 명절이 되면 큰아버지 댁에 우리 집과 작은할아버지 식구들이 모였었다. 큰아버지의 가세가 기울고는 작은할아버지 댁에서 제사를 모셨다. 시골 큰아버지 댁도 왔기 때문에 세 줄 네 줄로 서서 절을 하게 되어 팔다리를 제대로 펴지도 못했다. 나는 내용도 모르고 참석하는 제사가 얼마나 길었던지 이제나 끝나나 하며 주리를 틀었다. 그때 마음속으로 '내가 어른이 되면 다시는 제사를 하지 않을 테다.'라고 결심하기에 이르렀다.

그것과 함께 내가 어른이 되어서 하지 않을 것이라고 결심한 것은 '안마'와 '앓는 소리'였다. 안마는 할아버지와 아버지가 무던히도 시켰다. "할배요, 백 번만 할게예."라고 할 때는 "그래라." 하고 약속을 하고서도 백 번이 되면 또 백 번만 더하라고 하셨고, 약속은 지켜지지 않았다. 그때는 노환으로 병원에 입원하는 경우는 거의 없었다. 나이가 들면 거의 안방에 드러누워 세월을 보냈다. 그때 식구들의 수발은 말할 수 없이 힘들었다. 그때 동반되는 것이 '앓는 소리'다. 사람이 가까이 갈수록 그 소리가 커졌는데, 듣는 사람에게는 큰 고통이었다. 그때 나는 내가 나이 들어 누울 때는 아파도 앓는 소리를 않겠다고 결심했다. 내가 어른이 되어서 하지 않을 것 세 가지는 제사와 안마 시키는 것, 아파서 신음소리 내는 것이었다.

　제사를 중심으로 만났던 친가 가계의 성쇠가 무상하다. 큰할아버지의 가계는 큰아버지의 성공과 쇠망 여부에 따라 천국과 지옥을 오르내렸다. 지금은 3남 3녀의 육촌 형제들이 뿔뿔이 흩어져 연락조차 두절된 상태다. 작은할아버지의 가계는 두 명의 당고모만 남기고 다섯 남매가 모두 미국으로 이민을 해 국제전화로나 서로의 소식을 전할 뿐이다. 고모 댁 사촌 형제들도 일찍 세상을 버린 고모님 부부로 인해 연락이 횅하더니 대소사가 있어야 얼굴을 볼 정도로 소원해졌다. 외가댁은 잘 살고 있으나 세 분의 외삼촌이 돌아가시자 명절이 되어도 찾지 못하고, 한때 가까이 지내던 이모네 사촌들도 얼굴 보기 힘들다. 우리 형제들만 서울, 부산으로 나뉘어 카톡으로나마 연락하고 있다.

　세상살이가, 옛날 그 시절의 혈연 중심의 생활은 시대의 변화에 따라 멀어져 갔다. 격랑 속 한국의 시대적 변화에 휩쓸려 새로운 인연들로 대체되고, 혈연의 농도는 묽어져 추억만 남긴 채 각자도 생의 길을 걷고 있다. 그러나 그 자취를 다시 더듬어 볼 때 흥망성쇠가 역사의 흐름과 다를 바 없어 무언의 가르침에 남몰래 놀라기도 한다. 생주이멸이 자연의 순리라 하더라도 인과의 법칙을 따르지 않을 수 없으니, 좋은 인연과 잘 살고자 하는 노력이 인생을 성하게 하고 그렇지 않으면 쇠함을 비켜 갈 수 없음을 알게 된다. 그러니 고개를 숙이고 옷깃을 여미지 않을 수 없다.

4

어릴 때의 환경

유소년 시절에는 푸른 하늘과 맑은 공기의 청정한 자연 속에 마음껏 놀 수 있는, 밤에는 별을 보고 비가 갠 후에는 무지개를 바라보는 친환경적 생활은 일상이었다. 병원 수도 적었고 약국도 드물었던 것은 자연과의 동화 속에 자연 치유가 습관화되어 있었기 때문이다. 저절로 낫지 않으면 민간요법을 썼다. 배 아플 때에는 엄마 손이 약손이었고, 간장 된장이 식품으로써뿐만 아니라 약용으로도 쓰였다. 이빨 뺄 때는 실로 묶어 눈앞이 한 번 번쩍하면 아픔도 모르게 이빨이 떨어져 나왔고, 그 이빨을 지붕에 던진 뒤 "까치야, 까치야, 헌 이빨 가져가고 새 이빨 가져온나."라고 하면 모르는 새 새 이빨이 돋았다. 오줌싸개의 치료법은 간단했다. 아이에게 곡식 까부는 키를 덮어씌우고 바가지를 주며 "누구 엄마한테 가서 소금 좀 달라캐라." 하고 보냈다. 잠시 후 울면서 소금을 얻어 오면 그 아이는 틀림없이 그날 밤부터 이불에 오줌을 싸지 않았다. 나도 고모에게 주걱으로 별이 번쩍 보이게 뺨을 얻어맞고 그 병을 고쳤다. 평소에는 그렇게 나를 아끼던 고모가 다짜고짜

주걱을 휘두르는 바람에 얼마나 배신감을 가졌던지 며칠을 말도 안했다.

자연에는 늘 좋은 것만 있는 것은 아니었다. 징그럽고 해롭고 위험한 것도 많았다. 곤충들이 특히 그랬는데 파리, 모기는 말할 것도 없고 이나 빈대도 있었고 여자아이들의 머릿속에 하얗게 새까리(서캐, 이의 새끼)가 껴 있어 참빗이나 손톱으로 훑어 내었다. 비가 온 뒤에는 땅바닥에 지렁이가 기어 나와 다녔고, 개울 속에서 귀하게 발견한 거머리는 개울가 조그만 웅덩이에 가두어 두고 노는 애완용이었다. 축축한 담벼락에 노래기, 설설이(그리마), 그 밖에 이름도 모르는 환형동물들이 징그럽게 진액을 남기며 기어 다니기도 했다. 바퀴벌레와 꼽등이도 반갑지 않은 곤충이었다. 변소나 외진 구석에는 거미가 자리 잡고 있었는데 익충이라 잡지 않았다. 개미도 많았다. 장마가 지기 전에는 개미들이 줄을 서서 떼로 움직였는데 '개미장 선다.'라고 했다. 좋아하며 채집했던 곤충들에는 나비, 잠자리, 매미, 메뚜기 등이 있었는데, 메뚜기는 풀밭에서 뛰어다니며 많이도 잡았다. 메뚜기도 여러 가지가 있었는데 그중 방아깨비는 크면 10cm는 되어서 날아다닐 때는 새로 착각하기도 했다. 주로 잡히는 것은 송장메뚜기, 풀무치였고, 여치는 우는 소리가 청량해 시장에서 하꾸재비(두꺼운 종이)와 나뭇개비로 만든 집에 두 마리씩 넣어 팔았다. 그걸 처마 밑에 달아 놓으면 여름 내내 날개를 떨며 시원한 소리를 냈다. 좁은 통 속에서도 오이 조각만 넣어 주면 노래를 부르며 제명까지 살던 게 신기하기도 했다.

그래도 나는 부산의 중심부에서 살았으니까 시골 생활을 통 몰랐다. 국민학교 때 교정의 한 모퉁이에 있던 자동차 하부 수리용 도크에 교육용으로 벼를 기른 적이 있었다. 어느 날 파릇파릇 자라는 벼를 보고도 잔디를 심은 줄 알고 지나다닌 적이 있었는데, 선생님이 거기서 쌀이 나온다고 하셨다. 어떻게 쌀이 나오는 건지 이해할 수 없었다.

우리 집, 우리 동네

부산시 서구 동대신동1가 282번지. 내가 태어났고 중학교 3학년 까지 유소년 시절을 통째로 보냈던 곳이다. 좀 더 가까이서 그 동네를 묘사한다면, 구덕산에서 흘러내린 보수천이 서부극장을 거쳐서 검정다리를 지나가는데, 그 가운데쯤 개울에 연해 길이가 200m쯤 되는 개방된 골목이었다. 왜 개방되었냐 하면 한쪽은 집들이 빼곡히 줄 서 있지만 반대편은 옹벽 아래로 보수천이 흐르고 있어서다. 정확히 말하면 골목길이 아니라 벼랑길이었다. 그 골목은 동일교라는 다리를 건너자마자 우측으로 꺾인 막다른 가짓길이었기 때문에, 그 골목에 있었던 10호 정도의 집들이 고립된 공간에 줄지어 모여 있었다. 그 골목길은 폭 2~3m 정도의 비포장도로였다.

대부분의 이웃이 셋방살이 집들을 제외하고는 이사하는 변동이 거의 없어 친척보다 더 가까운 이웃으로 지냈다. 동네에서 가장 연장이시던 할아버지가 아침에 동네를 걸어 나가시면 "어르신네 아침 드싯능교." 하며 지나는 사람마다 꾸벅 절을 했다. 그러면 할아버지는 "오냐, 밥은 묵었나." 하며 자기 자식 대하듯 했다. 집집마다 밤이 되기 전에는 대문들을 다 열어 놓고 지냈는데, 아무런 기척 없이 동네 집을 드나들었고 이웃집 숟가락도 몇 개인지 알 정도였다. 할아버지 덕분인지 그 골목에서는 우리 집이 중심이 된 듯하였다. 언제부터 터를 잡았는지 모르겠으나 우리 집은 동네 중앙에 위치했고, 통반장은 안 했지만 동네에 문제가 생기면 중심이 되었다. 본채는 3칸 초가집이었고 아래채 두 채가 따로 떨어져 있었다. 내가 국민학교 5학년 때까지 아래채는 세를 주었는데 세입자들하고는 가족같이 지냈다. 아래채들은 함석지붕이었으며 내구성 때문인지 페인트 대신 골탕(콜타르)을 칠해 놓아 여름이면 녹아서 흘러내렸다. 여름철이면 무척 더웠을 텐데 거기 사는 사람들은 '뜨거운 양철 지붕 아래의 사람들'이었다. 안채의 오른쪽으로 감아 돌아 들어가면 변소가 있었고, 그 옆으로 동네 집으로 둘러싸인 텃밭이 있어 할머니가 그곳에 옥수수나 채소들을 심었다. 그 텃밭에는 감나무와 복숭아나무가 한 그루씩 있었지만 응달이 져서 그런지 감꽃, 도화꽃은 보았으나 과실을 맛있게 먹은 적은 없었다. 오히려 뒷집 담장을 넘어온 무화과를 따 먹은 적은 있었다.

지금도 옛날 동네의 정경을 그리라고 하면 그릴 수 있을 것 같다. 14년간의 우리 동네의 모습은 그리 변함이 없었다. 변화가 있었다면 동일교 다리가 목조 위에 흙으로 다져져 있던 것을 콘크리트로 재건한 것과, 동네 골목길의 중심이 되어 주었던 버드나무가 사라호 태풍 때 우듬지를 포함한 줄기의 반이 꺾여 거의 고사목이 된 것이었다. 이동 카메라로 주위를 촬영하듯 내 눈앞에 동네의 모습이 환하게 펼쳐진다.

골목 어귀 코너에 점빵(구멍가게)이 있었는데 그 집을 우리는 '빵구쟁이 할매집'이라고 불렀다. 우리 주인 할머니의 설명에 의하면 명칭의 유래는 이렇다. '빵구쟁이 할매'가 그 집의 전 주인 할머니의 별명이었는데—그 할머니는 일제강점기 때 방공훈련을 한다고 모이면 의도적으로 큰 소리가 나게 방귀를 뀌어서 그 별명으로 유명했다고 한다—그 점빵을 인수한 주인 할머니가 별명까지 인수한 것이었다. 그곳은 아이들이 군것질할 것을 파는 곳으로 여러 가지 과자들을 펼쳐 놓고 팔고 있었다. 지금의 위생 기준으로 보면 대부분 불량 식품일 것이나 우리는 그것 하나 못 먹어 침을 흘렸다.

내가 5학년 때 빵구쟁이 할매집에서 살인 사건이 났다. 할머니 집 안채에 세 들어 사는 군인 부부—동거하는 관계였을 것이다—가 피해자였다. 어느 날 아침 남자가 세숫대야를 들고 길가로 나와 세수를 하던 중 지프차를 타고 온 군인의 권총에 맞아 죽었고, 부엌에서 밥을 하던 여자도 총에 맞아 죽었다. 나는 그때 학교 갈 준비를 하던 중 총소리를 들었다. 내가 등굣길에 사건 현장 옆을 지나갔는데 시신은 치워지고 길의 반쯤에는 폴리스 라인이 쳐져 있었다. 동네 사람들이 모여 웅성거리고 있었는데, 아주머니들 주고받는 말 중에 남자는 거꾸러져 죽어 있었고 여자는 고꾸라져 죽어 있었다고 하였다. 어린 생각에도 치정 사건 같았다. 학교에 가니 어느새 소문이 퍼져 아이들끼리 쑥덕거리고 있었으나, 내가 사건 현장 동네에 사는 것을 안 친구들이 나더러 증언을 해 보라며 주위를 둘러쌌다. 그런데 곧 선생님이 들어오셔서는 수업 대신에 나의 현장 르포를 교단에서 하라고 시켰다. 그날 신문에서도 대서특필한 것 같았다. 그 뒤 며칠간은 수사팀이 들락거렸는데, 모자에 금테를 두르고 어깨에는 무궁화 네 개를 단 경찰을 사람들은 대단히 높은 사람이라고 우러러 보았다. 지금 생각하면 왜 군 수사대가 오지 않았는지 궁금하다.

골목 입구의 바로 왼쪽에 동일교가 있었다. 그 다리 위 한 모퉁이에 한 평도 안 되는 가건물을 세우고 한 할머니가 점빵을 차렸는데 우리는 그 점빵을 '서울 할매집'이라고 불렀다. 그 할머니는 서울말을 썼는데, 피난 중에 가족을 잃고 부산까지 와서 혼자 사시는 분이었다. 우리는 코 묻은 돈으로 군것질을 할 때 '서울 할매'가 불쌍하다고 해서 '빵구쟁이 할매집'보다 '서울 할매집'을 더 애용했다.

우리 골목에서 큰길 건너 곧장 벼랑길을 따라가면 우리 동네와 엇비슷한 동네가 하나 더 나온다. 그 동네 어귀에 다시 가지 골목이 있었고 그 골목에는 연초에는 토정비결도 봐 주고 아픈 아이가 있으면 민간요법으로 고쳐 주기도 했던 '수철이 할매'라는 분이 살고 있었다.

개울을 따라 죽 올라가면 그 동네의 중간치에 방앗간이 있었다. 살림집과 방앗간이 붙어 있었는데 안쪽의 방앗간으로 들어서면 제법 너른 마당이 있었다. 밀가루도 빻고 여러 가지 곡물을 가공했는데, 가장 바쁜 건 김장철 고춧가루를 빻을 때였다. 그때가 오면 동네 아주머니를 모아 놓고 품삯을 주며 태양초 고추를 꼭지를 따고 세로로 잘라 고추씨를 털어 주는 일을 시켰다. 방앗간의 안팎으로 아주머니들이 자리를 깔고 수건으로 머리를 두른 채 일들을 했고, 마음 좋게 생긴 주인아저씨가 돌아다니며 방법을 가르치고 감독도 했다. 그 골목을 우리가 지나가면 매운 고추 냄새에 재치기를 해 댔다.

그 집 앞 개울은 또 다른 끔찍한 기억으로 남아 있다. 국민학교 2, 3학년이나 되었을 때다. 동일교 위에서 놀고 있었는데 상이군인 댓 명과 넝마주이 두 명이 시비가 붙었다. 넝마주이들이 밀려 골목으로 도망가다 개울로 뛰어내렸는데, 군용 부삽을 꺾어 들고 쫓아가던 상이군인 중 한 사람이 그걸 달아나던 넝마주이의 등에다 내리꽂았다. 넝마주이는 웃통을 벗고 있었는데 찍힌 등에서 선혈이 낭자했다. 사람들이 몰려들어 넝마주이를 어디로 옮겨 갔다. 끔찍한 그 장면이 떠오르면 지금도 오금이 저린다. 그 시절에는 상이군인들의 행패가 심했다. 전쟁 통에 팔다리를 잃은 그들에게 가난한 정부의 보훈은 얄팍할 수밖에 없었고, 상이군인들은 민간인들에게 행패를 부리거나 갈고리 손을 내밀면서 껌이나 연필 같은 것을 강매하기 일쑤였다. 민원이 들어와도 경찰은 손을 못 댔다. 선생님도 우리들에게 그분들 덕분에 우리가 공산군을 물리치고 평화롭게 살게 되었다며 그들을 잘 보살펴야 한다고 가르쳤다. 그러나 아이들에게는 단지 공포스러운 사람들이었다.

동일교를 지나 왼쪽에 있는 집에는 당시 공업고등학교를 다니던 형이 있었는데, 그 형은 동네 무료 전기 수리공이었다. 동네에서 전기가 고장이 나면 그 형에게 연락이 갔고, 그 형이 허리에 찬 공구들을 뽑아 들고 이리저리 손을 대 고치면 마술같이 불이 환하게 들어왔다. 무료 봉사를 했는데 고마워서 무어라도 내놓으면 손사래를 치고 웃으며 돌아갔다. 당시는 동네에서 자급자족하고 동고동락하는 것들이 많았다.

조금만 더 가면 검정다리에서 수원지에 이르는 아스팔트 길— 그 전에는 신작로라고 했다—이 나오는데 한쪽 모서리에 빵집 본 베이커리가 있었다. 쇼윈도우 넘어 있는 앙꼬빵, 크림빵, 버터빵, 식빵은 우리의 생활과는 인연이 없었다. 그 빵집을 지나던 어느 날 쇼윈도우 안쪽에 새로운 문명의 이기가 나타났다. 만화에서 보거나 말로만 듣던 텔레비전이었다. 10인치도 안 되는 소형에 흑백이었지만 지나가던 아이들을 쪼그려 앉게 하기에는 충분한 위력이 있었다. 내가 본 첫 화면은 침팬지가 나와 스케이트를 타는 모습이었는데 그것을 본 후 나는 단골손님이 되었다. 당시 부산에는

KBS가 송출되지 않아 일본 방송만 나왔는데 그 후 텔레비전이 어느 정도 공급되고 나서도 부산에서는 일본 방송만 보았다. 대마도에 송출탑을 세워 한반도로 전파를 보냈기 때문에 부산에서는 KBS보다 NHK, NBC가 더 선명하게 보였는데, 우리 부모님 세대는 일제강점기 일본어를 배웠기 때문에 일본 방송을 보는 데 아무 지장이 없었다. 중·고등학교 때 금요일 저녁 시간이면 하던 프로 레슬링은 최고 인기였다. 요시무라, 도요노보리, 자이언트 바바 같은 선수는 아직도 기억에 남아 있다.

본베이커리 네거리에서 남쪽으로 내려가면 한 블록이 끝나는 왼쪽으로 동일의원이 약국과 마주 보고 있었고, 다시 더 내려가면 6년 동안 다녔던 부속국민학교가 오른쪽으로 한 블록을 차지하고 있었다. 거기서 더 내려가면 오른쪽으로는 빨간 벽돌의 무도관이 있었고, 왼쪽으로 공장이 있었으며, 거기서 도로는 약간 오른쪽으로 굽어져 검정다리에 닿았다. 검정다리 사거리 코너에 부속국민학교의 지정 치과인 구덕치과가 있었다. 검정다리에서 보수천을 따라 건너가면 길 입구에 한약 재료나 야생동물을 가죽을 벗기고 말려서 걸어 놓은 가게가 있었다. 그 앞에서 구경을 하면 고양이, 까마귀, 두더지, 족제비, 산토끼 등과 이름도 모르는 동물들의 가죽을 벗기고 말린 것들을 볼 수 있었다. 더 내려가면 영남극장이 나오고 그 너머 경남도청이 자리하고 있었다. 검정다리에서 남쪽으로 내려가면 보수동 사거리가 나오는데 왼쪽에 보이는 골목을 따라 헌 책방들이 길게 늘어서 있었고 그 끝에 국제시장의 입구가 나왔다.

다시 돌아와 본베이커리 사거리에서 북쪽으로 향하면 얼마 안 가서 물레방아 그림이 걸려 있는 이발소가 나오고, 한 블록 더 가서 목욕탕이 나오고, 그 뒤쪽은 동대신동시장이 넓게 펼쳐져 있었다. 목욕탕을 바로 지나면 큰 사거리가 나오는데 길 건너 왼쪽 모서리에 동대신동파출소가 있고, 건너 쪽 모서리에 서부극장이 있었다. 다시 북쪽으로 발을 돌리면 동대신동2가가 되고, 죽 올라가면 왼쪽 블록에 동신국민학교가 자리 잡고 있었다. 곧장 가면 그곳이 3가가 되고 정면으로 수원지 정문이 보였다. 오른쪽으로 비켜 가면 그 길의 오른쪽에 수원지 유치원이 나타나고, 계속 직진하면 동아대학교와 경남고등학교가 나왔다.

검정다리에서 수원지로 가는 신작로와 병행해서 서쪽으로 두 블록 떨어져서 전찻길이 있는 간선도로가 공설 운동장까지 죽 뻗어 있고 그 서쪽이 서대신동이었다. 동대신동과 서대신동은 동, 북, 서로 산들에 둘러싸인 골짜기 지역이었다. 동네의 모양새가 서울의 북악과 인왕산으로 둘러싸인 효자동 일대와 흡사하고, 도시의 보수성과 발전의 느림새도 거의 같았다.

6
골목 친구들

그 당시에는 집집마다 아이들을 많이 낳았다. 학교 파할 때쯤부터 온 골목이 아이들 소리로 조용한 날이 없었다.

우리 동네의 구성은 동네 어귀에서 첫째 집이 바우네 집, 그다음이 장철이 집, 다음이 방 씨네 집, 그리고 우리 집을 건너 병구네 집, 기철이네 집, 상태네 집, 기봉이 집, 성관이 집, 골목 끝 집이 수만이네 집이었다. 집집마다 세를 두어서 가구 수로는 2배 정도가 되었다. 앞에 말한 집들은 고정된 가구들이었고 세를 든 사람들은 이동이 잦았다.

동네 아이들 구성도 거의 고정적으로 10명 정도 되었다. 골목대장은 나보다 두 살 많은 수만이었고 한 살 많은 상태, 기봉이, 성관이가 있었고 동갑으로 장철이가 있었다. 그리고 내 아래 아이들이 댓 명 있었다. 이사가 잦은 아이들은 붙었다 떨어졌다 했다.

나는 3남 1녀의 장남이었고 아버지가 독자였으므로 조부모로부터 귀염을 받고 자랐다. 선천적인 건지 환경 탓인지 모르겠으나 나의 성격은 내성적이었고 부끄러움을 잘 탔다. '이불 덮고 눈 불씬다(부릅뜬다).'라는 말이 있듯이, 밖에서는 늘 당하고 집에 들어와서는 분풀이를 했다. 그러면 할머니와 어머니가 늘 나를 감싸 주었다.

유치원에 가기 전에는 나의 세상은 집과 동네밖에 없었으므로 대인 관계라고는 골목 친구들밖에 없었는데, 골목대장인 수만이와 나는 사이가 아주 좋지 않았다. 사실 그렇다기보다는 수만이가 일방적으로 나를 미워했다. 할아버지가 나를 괴롭히고 있던 수만이를 혼을 낸 적이 있어서였다. 그 뒤로 같이 놀다가도 할아버지가 나타나면 수만이는 슬금슬금 꽁무니를 뺐고, 그것 때문에 나를 더 괴롭혔다. 수만이는 나로서는 이해할 수 없는 짓들도 했는데, 수시로 아이들에게 갈취도 하고 궂은일도 시켰다. 이제부터 이야기하는 것은 그중 대표적인 사건이다.

어느 날 수만이는 아이들을 모아 놓고 콩 서리—콩 도둑질이 더 적합한 표현인 듯하다—를 모의했다. 우리 동네에서 좀 떨어진 곳에 동대신동시장이 있고 거기에 곡물상이 있었는데, 나무로 짠 여러 통에 갖가지 곡물들을 쌓아 놓고 팔고 있었다. 수만이는 자기가 제일 먼저 달려가겠다고 하며 오륙 명의 아이들에게 그 다음 순서를 정해 주었다. 자기를 따라서 콩을 한 주먹 훔쳐 쥐고 따라오라는 것이었는데, 나를 제일 마지막에 세웠다. 나는 겁이 나서 가슴이 뛰었으나 마지못해 줄을 따라 뛰었다. 그런데 내가 콩을 쥐자마자 뛰쳐나온 주인아주머니에게 잡혀 버리고 말았다. 그 아주머니는 나를 추궁하였으나 나는 입을 다물었다. "니가 말을 안하모 느그 집을 가자."라고 해서 같이 집으로 왔다. 집에서 어른들끼리 얘기를 하고 그 아주머니는 돌아갔다. 어머니는 어찌 된 일이냐고 물었으나 나는 끝까지 수만이 행적을 말하지 않았다. 의리 때문이라기보다는 발설 후의 수만이의 보복이 무서웠기 때문이었다.

수만이는 동네 패싸움을 할 때에도 진두지휘를 했는데, 우리 윗동네 수만이 동갑내기들이 수만이 주먹을 무서워했기 때문에 우리 동네 아이들은 기죽지 않고 지냈다. 내가 국민학교 3학년 때인가 수만이가 이사를 갔기 때문에 나는 그의 마수에서 벗어날 수 있었다.

나의 어린 시절의 기억은 내 머릿속에 USB의 동영상처럼 압축된 채로 차곡차곡 쌓여져 있어 한번 풀면 끊임없이 쏟아져 나온다. 사람의 기억이란 게, 오래된 기억과 최근의 기억을 담는 뇌 조직이 달라 가까운 기억은 잊혀지기 쉬우나 오래된 기억은 잘 간직된다는 말이 맞는 듯하다. 지금도 그 시절의 기억은 정확하게 떠오른다. 근래의 기억이 흐릿한 흑백 영상이라면 그때의 기억은 뚜렷한 총천연색이다. 무지갯빛같이 영롱한 그 시절의 추억은 가까이서 보면 아픔도 슬픔도 괴로움도 섞여 있을 것이다. 안타까움과 측은함도 있을 것이다. 그래도 추억이 추억이기 위해서는, 있는 그대로가 좋다. 배고프고 고생하던 그때 그 시절이 그리운 것은 그러한 아쉬움 때문이 아닐까. 그리고 미세먼지 없이 맑은 하늘과 그 맑은 하늘을 닮은 그 시절 사람들의 순수함 때문이 아닐까. 김

환기는 뉴욕의 고독 속에서 밤하늘의 별을 보며 친구들을 생각하고 그리움을 달랬다. 김광섭의 「저녁에」란 시의 한 구절인 "어디서 무엇이 되어 다시 만나랴"는 환기 그림의 표상이 되었다. 네모 속에 촘촘히 찍혀 있는 무수한 점들은 별이 된 그리운 얼굴들이었다. 나에게는 그 네모 하나하나가 명함 사진처럼 보였다. 테두리 안의 얼굴들, 상태, 기봉, 성관, 기철, 바우, 병구, 수만, 수성, 장철, 방 씨집 아들……. 그들은 기억을 넘고 추억을 건너, 그리움으로 남았다. 어디서 무엇이 되어 다시 만나랴.

장철이

　내가 태어나서 처음 아이들과 놀기 시작했을 때부터 가장 친한 친구는 장철이었다. 그는 동네에서 유일한 나의 동갑내기였고, 국민학교 4학년 때 그가 이사를 가기까지 나랑 가장 가깝게 지내던 불알친구였다. 동대신동시장 입구로 이사를 가서 그의 부모님이 그곳에서 생활용품을 파는 슈퍼 형태의 가게를 냈다. 멀지 않았기 때문에 놀러 가기도 했다. 장철이는 지금도 거기에 이 층 연립으로 본가를 지어 거주하면서 시장터에 큰 슈퍼마켓을 운영하고 있다.

　장철이는 나하고 성격이 정반대였다. 나보다 한 달 먼저 났다고 형 행세를 하면서 무던히도 나를 보호했다. 장철이는 키도 나만큼 컸고 덩치도 컸고 용감했고 남한테 기죽지 않고 형뻘 되는 아이들에게도 지려고 하지 않았다. 국민학교 때에도 교내에서 알 만한 아이들은 알았고, 별명은 장총(소총, 라이플)이라고 불렸다. 우리는 깜보(격의 없는 친구 사이)였고 단짝이었다. 무슨 일을 하든 내 편이 되어 주었다. 딱지 따먹기를 하든 구슬 따먹기를 하든 나는 잘 잃었고 장철이는 잘 땄다. 나는 쉽게 양보하는 편이었는데 장철이는 끈질기고 포기하지 않았다. 딱지 따먹기를 하다가 잃게 되면 그냥 내주는 것이 아니라 손에 쥐었던 딱지를 하나하나 다시 세어 보기도 했는데, 간혹 잘못 세어 상대가 다시 물어낼 경우도 있었다. 내가 갖고 있던 것을 다 잃으면 장철이가 슬쩍 보충해 주었다. 언젠가는 누군가 땅에 침을 뱉고 그것을 핥아 먹으면 무엇이든 해 주겠다는 내기를 벌였다. 다른 어떤 아이도 나서지 못할 때, 멈칫거리던 장철이가 땅바닥에 엎드려 그 침을 빨아 먹은 적도 있었다. 그런 일 등으로 인해 형들도 장철이를 쉽게 보지 못했다. 장철이는 용감했던 면이 있었나 하면 조금 지저분하기도 했다.

그와 중학교 때 헤어지고 나서 다시 그를 만난 것은 내가 재수할 때였다. 우연히 길을 가다가 만났고 어떻게 죽이 맞았는지 신촌에서 하숙을 같이 했다. 그 친구는 넉살도 좋고 붙임성도 좋아서 내 동창 친구들을 자기 친구로 만들었다. 나보다 더 친해져 버린 친구도 있었고, 심지어 한번은 "느것들 서로 모르나? 인사하고 지내라." 하면서 경남고 동기를 오히려 나에게 소개시켜 주기도 했다. 대학 다닐 때는 내가 어떤 책을 읽고 그 책에 대한 이야기를 하면, 그 뒤에 자기도 그 책을 읽고 대화에 참여하려 했다. 제임스 딘이 나오는 영화에 몰두하거나 좀 이상한 발음으로 팝송을 부르는 등 나와 보조를 맞추려고 노력했다. 뭐든 잘 먹기도 했다. 공부만 빼놓고 못하는 일이 없었는데, 그 모든 성격이 나와 정반대였다.

그 친구의 비밀은 마치 타임머신으로 6년간을 다른 세상에 갔다 오기라도 한 듯, 자기 친구를 나에게 보여 준 적이 한 번도 없었다는 것이다. 싸움은 여러 번 한 것 같았다. 같이 다방에 갔던 어느 날, 테이블 위의 유리컵을 이빨로 깨어 입 안에서 우드득우드득 씹는 것을 보여 준 적이 있었다. 그것을 본 레지 아가씨의 얼굴이 하얘졌고, 컵값 배상 요구는 하지 않았다.

나는 대학 입시에 합격했고 그는 떨어졌다. 그와는 유치원에서 대학교까지 한 번도 같은 학교에 다니지 않았지만, 그 후에도 우리 두 사람의 우정은 변함없었다. 가는 길은 달랐지만 그가 동대신동시장에서 슈퍼 사장으로 있는 지금도 우정은 변함없다.

골목 아이들과의 놀이

중학 입시에 매이지 않았던 10살 정도까지는 학교에서 보내는 시간보다 동네에서 노는 시간이 더 많았다. 학교에서 돌아오면 마루에 가방을 던져 두고 나가서 동네 아이들과 어울려 놀았다. 철마다 무슨 놀이가 그렇게 많았는지 지치지도 않았고 시간 가는 줄도 몰랐다. 우리가 놀던 골목은 골목이라기보다는 벼랑길이라고 해야 하는데, 한쪽은 집들로 막혀 있었지만 한쪽은 개울 축대 위에 있었다. 그 골목의 중간쯤에 마을의 정자나무같이 커다란 버드나무가 있었는데 둘레가 한 아름으로, 껴안으면 손이 서로 닿지 않는 고목이었다. 뿌리는 냇가로 뻗어 나오고 있었는데, 그 옆에는 건너 쪽 동네로 건너가는 징검다리에 닿는 돌계단이 있었다. 그 나무 바로 옆 공간은 여름에는 돗자리를 깔고 더위를 식히는, 동네 휴식처였다. 어른들도 아이들도 모여 얘기를 나누거나 노래를 부르며 더위를 식혔다. 봄에는 버드나무의 물오른 가지를 잘라 심을 빼고 버들피리를 불기도 했고, 여름에는 별 가득한 하늘 아래서 노래자랑도 했다. 또 버드나무는 술래잡기할 때 술래가 눈 감고 얼굴을 파묻는 기둥이 되기도 했다. 때로는 어른들이 옛날 얘기도 들려주었다. 그럴 때는 백열등이 꽂힌 보안등이 비추는 어스름 속에서 무서움에 서로가 꼭 붙어 앉아 귀를 기울였다. 숨바꼭질이나 '무궁화꽃이 피었습니다'를 할 때에는 술래는 눈을 감고 그 나무의 둥치에 얼굴을 묻었다.

골목도 냇가도 우리들의 놀이터가 되었다. 참 여러 가지로 놀았는데 저녁을 먹고 아이들이 모일 때는 '빠삐오'란 암구호를 외치면서 아이들을 불러냈고 해산 시에는 '삐삐오'란 암구호를 불렀다. 그러나 '삐삐오'는 그 효용성이 없어 사라지고 말았다. '빠삐오'로 모인 아이들은 여름밤이면 '카면 놀이'를 했다. 편을 갈라서 하는 놀이였는데, 먼저 발견한 사람이 손으로 총을 쏘며 "카면!"이라고 소리치면 상대는 포로가 되는 것이고 어느 한쪽 편이 전부 잡히면 승부가 났다. 런닝 상의를 벗어 얼굴에 덮어쓰고 눈만 내어 가면을 만들었는데 「아라비아의 로렌스」에 나오는 민병대 같았다. '카면'은 'Come on'에서 따온 구호인지, 가면을 쓰고 하는 놀이여서 그랬는지는 모르겠다.

여름철에 큰비가 내리면 보수천은 세찬 흙탕물이 개천의 수위를 높이며 흐른다. 무섭게 소용돌이를 치며 흐르는 냇물에는 여러 가지 물건들도 떠내려가는데 나무토막, 살림살이, 풍선같이 배가 부른 고양이나 개가 있었다. 큰물이 지고 난 뒤에는 개천은 깨끗이 청소가 되는데 그때는 맑은 물이 흐른다. 그때는 팬츠 바람으로 물속에 들어가서 물장구치며 놀았다. 물이 얕기 때문에 바닥을 파서 몸을 담그기도 했다.

겨울에는 개울의 물이 얼게 되면 썰매를 탔다. 모든 썰매는 자작품이었는데 아버지나 형이 만들어 주었다. 나는 할아버지가 만들어 주셨다. 얼음과 접촉하는 날은 금속 선을 댔는데 구리 선이나 굵은 철사는 휘기가 쉬워 만들기는 쉬운 대신에 오래가지 못했다. 누군가가 현관문의 레일을 구공탄의 구멍 속에서 달구어 망치로 구부려 만든 썰매를 가져와 자랑하였고, 튼튼한 썰매 날을 보고 부러워들 했다. 어떤 썰매는 외날로 된 것도 있었다. 그것은 양반다리로 앉아 타는 것이 아니라 두발을 모아 쪼그리고 타는 것이어서 타기가 쉽지 않았지만, 외발의 썰매로 균형을 잡으면서 빠른 속도로 지쳐 나가는 그 아이들이 오히려 더 부러움을 받았다. 날씨가 조금 따뜻해지면 얼음이 녹아 얼음 위로 물이 고이는데, 그러면 얼음이 더 미끄러워 신나게 타다가 바지가 흠뻑 젖어 집에 돌아오기도 했다.

정월 대보름을 전후한 2, 3일은 냇가에서 달집태우기를 하기에 바빴다. 분유 깡통 테두리 양쪽에 구멍을 뚫고 철사 줄을 연결하고 깡통의 옆구리에 못을 박아 구멍을 여러 개 뚫어 주면 된다. 그 깡통 속에 나뭇개비를 넣고 불쏘시개에 불을 붙여 한 손에 잡고 돌리면 금방 화기가 일어 바람 소리를 내며 불이 타올랐다. 밤중이면 빙빙 도는 불덩어리가 냇가를 화려하게 장식했다. 돌리다

보면 나무가 빨리 탔는데, 그러면 새로 나뭇개비를 집어넣고 다시 돌렸다. 얼마나 재미있었는지 시간 가는 줄 몰랐다.

겨울에는 연도 많이 날렸는데 점빵에서 파는 방패연이나 가오리 연을 사서 올렸다. 연날리기에는 자세(얼레)질을 잘해야 했는데 집에서 혼자 연습하기도 했다. 방패연은 가오리연보다 실 묶기부터 날리기까지 어려워서 나는 가오리연을 올렸다. 고등학교를 다니던 동네 형들은 프로답게 날렸다. 연도 집에서 별도로 제작했는데 크기가 훨씬 컸다. 그리고 연줄에다 사를 먹였는데 그것 또한 정성을 들여야 했다. 우선 병을 깨고 가루를 만들어 체로 쳐서 고운 유리 가루를 만든다. 그것을 집에서 쑤어 놓은 풀에 넣어 그 풀 속을 연줄이 통과하게 한 뒤 말리면 유리 가루가 스며든 연줄이 되었다. 그것은 연싸움을 하기 위한 전 작업이었다. 형들 가운데 연날리기 선수가 있었다. 그 형이 연을 날리면 동네 아이들이 고개를 뒤로 꺾고 구경을 한다. 연싸움을 곧잘 했다. 겨울바람에 연은 힘차게 올랐다. 우리들 자세보다 세 배는 되는 큰 자세로 멋지게 풀고 감으면 연은 멀리 떨어져 나가다가 다시 힘차게 솟아오르곤 했다. 그러다 한 번씩 연줄을 잡아당겼다가 놓으면서 "탱구마!" 하고 소리 지르면 아이들도 따라서 "탱구마!" 하면서 추임새를 하기도 했다. 하늘 높이 뜬 연도 재주를 보였다. 연이 하늘 높이 떠오르면 같이 떠 있는 다른 연과 싸움을 하는데 서로 어르다가 휙 하면서 서로 실이 얽히며 싸웠다. 상대편의 연이 떨어져 나가면 아이들은 만세를 불렀다. 질 때도 있었는데, 떨어져 나간 우리 연은 우리 동네의 액을 안고 날아간다고 했다.

동네를 떠나 원정을 다닐 때도 있었다. 자주 다녔던 곳은 보수산이었다. 산기슭에서 중턱까지 오두막집들이 빼곡히 지어져 있었기 때문에 꼬불꼬불한 산비탈 길을 올라갔다. 능선 가까이에는 집들은 없고 똥구덩이가 있는 밭들이 있었다. 능선 너머 솔밭이 있었다. 그곳에는 우리들 키 남짓한 소나무들이 꽤 너르게 숲을 이루고 있었다. 우리는 그곳에서 숨바꼭질도 하고 새파란 솔방울을 따서 서로에게 던지기도 했다. 소나무 가지에는 거미들이 많았다. 집거미와는 다른 종으로 녹색과 푸른색으로 화려한 색을 한 몸통이 엄지손가락만 했다. 누군가 그 거미를 독거미라 했는데 물린 이는 아무도 없었다.

땅바닥은 붉은 황토였는데, 집개미와는 다른 까맣고 큰 개미들이 많이 살고 있었다. 그 개미들을 병에 넣어 와 집에서 키우기도 했다. 병 속에 흙을 넣고 멸치 가루를 넣어 주면 개미들이 죽지 않고 흙 속에 집을 지으며 살아가는 것을 보게 되었다. 그 모습이 신기해서 안 쓰는 어항에다 옮겨 키웠는데 죽지 않고 오래 살았다.

보수산에서 놀던 어느 날 한 아이가 무너진 돌무덤에서 해골을 발견했다. 어린아이의 것인 듯 야구공보다 조금 더 큰 것이었다. 누군가의 말에 따라 종이 상자에 그것을 담고 전승품인 양 동네로 들고 왔다. 동일교 다리 위에서 그것을 내놓고 지나가는 계집 아이들을 놀래기도 하다가 그걸로 축구를 했는데 깨어져 버려 다리 아래로 차 버렸다. 그 뒤 솔밭에 가서 놀다가 보았더니 돌무덤이 이리저리 흩어진 채 여럿 있었다. 그 당시 유아사망률이 높아 아이들 무덤은 화장해서 유골을 그렇게 묻어 두었던 것이었다. 그 일이 있고 난 뒤 할머니에게 그 일을 말씀드렸더니, 할머니가 혼령이 붙어 다니니 그러면 안 된다고 하셨다. 그 뒤로 해골을 차 넣었던 개울 자리에 늘 혼령이 있는 것 같아 나의 뇌리에서 지워지지 않았다. 세월이 지난 후 중학생 시절, 과외수업 하느라 밤늦게 귀가하던 길에 그 다리를 지나야 했고, 거기서 집까지 100미터가 채 안 되는 골목길을 지나는데 부서진 해골의 혼령이 뒤따라오는 것 같아 모골이 송연한 채 달려와 우리 집 대문을 얼마나 두드렸는지 모른다.

산을 오르다 보수산과 반대쪽 능선을 타면 구봉산에 이른다. 능선을 타다가 왼쪽으로는 우리가 사는 대신동이었고 오른쪽은 부산항이 내려다보이는 초량 쪽이었다. 대로와 빌딩과 부두를 넘어 커다란 배들이 여러 척 위용을 자랑하고 있는 부산항을 보면 마치 스페인의 정복자가 태평양을 바라보듯 새로운 감개에 잠겼다. 아이들에게는 아무 말 않고 나 혼자 가슴이 두근거렸는데, 그것은 새로운 세상에 눈뜨는 경이로움이었을 것이다. 세상에 우리 동네만 있는 줄 알았는데 큰 빌딩이 있고 넓은 바다 위에 생각지도 못한 큰 배가 떠 있는, 저렇게 큰 또 다른 세상이 있다니.

거기서 다시 능선을 타고 더 올라가면 그곳은 공동묘지가 있는 곳이었고 그곳에는 메뚜기들이 많았다. 메뚜기, 방아깨비, 여치 등이 풀숲에서 여기저기 뛰어다녔는데, 누군가 방아깨비는 구워 먹는다고 해서 구워 먹기도 했다. 메뚜기를 잡던 어느 여름날이었다. 우리가 메뚜기 잡느라고 정신이 없을 때, 맑았던 하늘이 갑자기 캄캄해지더니 번개가 치고 소나기가 쏟아지기 시작했다. 우리들은 혼비백산하여 빗속을 달렸다. 그때 한 아이의 비명 소리도 들었다. 가까스로 동네까지 뛰어 내려와 얘기를 들어 보니, 그 아이가 구덩이를 밟았는데 그곳은 무너진 무덤의 부서진 관이었고 관 속에서 자기 발을 붙잡는 것을 뿌리치고 달렸다는 것이었다. 그런 무서운 이야기는 아이들의 귀를 쫑긋하게 만들었고 그것은 사실이 되어 이리저리 살이 덧붙여져 전파되곤 했다. 그 후로는 공동묘지는 가지 않게 되었다.

골목 친구들 따라 자갈치시장 앞 바다로 꼬시래기(망둥어) 낚시를 간 적이 있었다. 그냥 가느다란 대나무에 낚싯줄을 묶고 지렁이 미끼로 몇 마리 잡았다. 난생 처음으로 낚시를 해서 물고기를 잡았는데 얼마나 신기하고 즐거웠는지 시간 가는 줄을 몰랐다. 조그만 꼬시래기였지만 팔딱거리는 감각이 지금도 선연하다. 집으로 돌아와서 연탄불 가에 쭈그리고 둘러앉아 소금 뿌리고 구워 먹는 그 맛은, 먹어 보지 않은 사람은 모를 것이다. 한참 뒤 학교에서 그 얘기를 꺼낸 적이 있었다. 많은 아이들이 귀를 세우고 들었는 데 그중 한 친구가 같이 낚시 가자고 했다. 필요한 비용은 자기가 낼 테니 데리고 가 달라고만 부탁했다. 한 번 갔던 경험으로 선뜻 앞장서기가 자신이 없어 머뭇거렸지만 그 친구의 강요로 자갈치로 향했다. 낚시 가게에서 대나무 낚싯대와 미끼를 사고 그 전에 잡 던 자리에 가니까 그 많던 낚시꾼이 한 사람도 없었다. 썰렁한 분 위기에서 둘이서 낚싯줄을 던졌는데 입질도 하지 않았다. 두어 시 간을 허탕쳤다. 고기를 못 잡고 돌아올 때 그 친구에게 면목이 없 어 미안하다고 했는데, 그 친구가 괜찮다고 해서 조금이나마 부담 을 덜었다. 지금 생각하면 고기가 모이는 계절도 있고 조수 간만 의 물때도 있다는 것을 몰랐으니 그럴 수밖에. 낚시꾼의 허풍도 이해할 만했다. 낚시에서 소문과 결과는 서로 어긋나기 십상이기 때문이다.

그 밖에 동네 아이들이 모여서 노는 놀이는 숱하게 많았다. 사 방치기, 땅따먹기, 비석치기, 마때놀이, 닭싸움, 줄마타기, 물총 싸 움, 제기차기, 팽이치기, 숨바꼭질, 무궁화꽃이 피었습니다, 딱지치 기, 딱지 따먹기, 구슬치기, 구슬 따먹기 등등 이루 헤아릴 수 없 으나 대부분 사내아이들은 사내아이들끼리 놀았다. 물론 계집아 이들은 자기들끼리 따로 놀았는데 고무줄뛰기, 널뛰기, 공기놀이,

인형놀이, 소꿉놀이 등이 있었다.

소꿉놀이는 간혹 사내아이들도 같이 한 적이 있었다. 한번은 내가 함께 하게 되었는데 아버지 역할이었다. 내가 할 일은 낮잠 자는 것과, 차려 놓은 밥상의 밥을 먹는 것이었다. 계집아이들은 시장도 보고 밥도 하고 아이들도 키우고 하며 할 일이 많았다. 게다가 아내가 남편한테 밥상도 독상으로 주고 존댓말도 쓰는 것이었다. 나는 소꿉놀이를 하면서도 남자가 아주 편한 삶이구나 하고 생각했고 빨리 어른이 되고 싶었다.

또 다른 혼성놀이에는 병원놀이가 있었다. 병원놀이를 나와 내 동갑의 계집애 둘과 같이 세 명이 했다. 내가 의사, 종순이는 간호사, 고모가 햇님이라고 별명을 지어준 춘년이는 환자 역할이었다. 왠지 골목 바닥에서 하는 것이 부끄러웠는지 아니면 부끄러운 일을 생각해서였는지, 다음 할 때는 자리를 옮겨 사람들이 없는 우리 집 텃밭 빈터에서 하기로 하고 계집애 둘을 데리고 그곳으로 갔다. 우리는 돗자리를 펴서 병원을 열고 환자를 받았다. 간호사가 인도해서 내 앞에서 머리가 아프고 열이 난다고 해서 체온계로 열도 재고, 웃통을 올리고 청진기로 진단을 하고, 감기라고 하며 간호사에게 약을 주라고 하고, 주사도 맞아야 된다고 했다. 나는 환자에게 엉덩이를 내리라고 했고 춘년이는 팬츠를 내리고 나는 환자의 엉덩이에 성냥개비 주사를 맞혔다. 그 아이가 엎드려 있는데 간호사인 종순이가 자기도 배가 아프다고 해서 그 아이에게도 주사를 맞혔다. 그럴 때였다. 앞집의 봉창에서 "이놈들 뭐 하는 거야. 나가서 놀아!" 하는 어른의 호령이 들렸다. 병구 삼촌이었다. 우리는 깜짝 놀라 엎드려 있던 두 아이는 얼른 팬츠를 올리고 우리는 텃밭에서 서둘러 나왔다. 그리고 우리 병원은 간판을 내리고 말았다. 그 어린 나이에 성에 대한 호기심이 있었던 것은 분명하다. 얌전한 강아지가 솥뚜껑에 먼저 오른다고 나에게도 그런 호기심이 있었는데, 여자의 몸에서 가장 보고 싶었던 것은 젖가슴도 아니고 성기도 아니고 엉덩이였다.

구경

구경의 3대 요소는 욕망과 시간과 돈이다. 세 가지 요소 중 하나만 부족하더라도 구경은 이루어지지 않는다. 요즈음은 욕망이나 시간이 부족한 경우가 많지만 그 시절에는 돈이 없어 볼 수가 없었다.

우리 동네의 가장 가까운 구경 장소는 서부극장이었다. 연속 상영을 하는 3류 극장인데도 우리에겐 예술의전당만큼 높은 곳이었다. 돈 주고 들어가기에는 돈이 모자랐는데, 누가 알아낸 방법인지 입장료의 반의반 정도의 돈을 모아서 극장 기도에게 주면 기도는 나가는 문으로 우리들을 넣어 주었다. 나는 서부극장이 서부영화를 많이 상영해서 서부극장인 줄 알았다(사실은 부산의 서부 지역이기 때문이었을 것이다). 서부영화는 우리들의 로망이었다. 「OK 목장의 결투」, 「셰인」, 「하이 눈」 등 명화를 포함해서 수많은 서부극의 주인공들은 우리의 우상이었다. '케리쿠파(Gary Cooper)', '바드 랑카스타(Burt Lancaster)', '오디머피(Audie Murphy)', '아란라트(Alan Ladd)', '카크다글라스(Kirk Douglas)' 등의 배우들을 펼쳐 놓고 총을 뽑는 속도를 평가하여 순서를 매기기도 했다. 총쌈밖에는 칼쌈이 인기가 있었다. 해적선, 중세 전쟁사 등을 다룬 작품이 인기가 있었고, 키스 장면이 나오면 우리는 고개를 돌렸다. 그런 장면이 많이 나올수록 저질작으로 평가했다. 영화관의 환경은 열악했다. 대개 시간표를 맞추어 가지 않았기 때문에 영화 중간부터 보게 되는데, 그러면 나올 때도 보기 시작했던 장면에서 나오게 되었다. 들어가면 사람들이 많아서 통로에서 서서 보다가, 나가는 사람이 있으면 경쟁적으로 자리를 잡았다. 한번은 여러 명이 같이 가서 제일 앞자리 로얄석에 줄지어 앉았는데 극장 정리하는 아저씨가 와서 "느것들 빨리 일어나라." 하면서 우리를 쫓아내고 "어르신네들 이리 앉으이소." 하면서 할머니 할아버지들을 앉혔다. 우리는 통로에 밀려가서 두 시간을 서 있어야 했다. 실내 공기는 얼마나 탁했는지 영사기의 빛이 나가면 뿌연 연기 속에 부유하는 먼지가 셀 수도 없었다. 영사 사고도 자주 있었다. 영화가 갑자기 끊기면 "정전! 정전!" 하고 소리쳤고 스크린에 화면이 아래위로 갈라져 나오면 "이 층! 이 층!" 하면서 떠들어 댔다. 영화관을 나서면 햇빛에 눈이 부셔 한참을 눈을 뜨지 못했고 머리는 띵하니 골치가 아팠다.

서부극장과 반대쪽으로 영남극장이 있었다. 조금 멀기도 하고 재개봉관이라 좀 비쌌고 서부영화보다는 방화를 주로 상영했기 때문에 자주 가지 못했다. 그곳에서 본 영화 중에 잊지 못할 영화가 「엄마 찾아 삼만 리」였는데 너무 슬퍼서 마지막 장면을 보면서 평평 울었다. 눈이 펑펑 쏟아지는 거리를 걷던 주인공이, 자기가 찾던 친구들이 크리스마스트리 앞에서 놀고 있는 집의 창문 옆으로 그냥 지나쳐 가 버리는 것이 마지막 장면이었다. 나는 실컷 울면서 영화감독을 무척 원망했다. 그 당시 최고의 아역 배우는 안성기와 전영선이었는데 누가 주인공이었는지는 기억이 없다.

우리 동네에서 터널 쪽으로 가는 도중에 '써커스 마당'이란 곳이 있었다. 그곳은 한 블록의 절반쯤 되는 넓은 공터였는데 그곳에서 써커스가 간혹 열렸다. 써커스가 들어오면 어릿광대 패가 뒷북을 치며 돌아다녀 온 동네가 시끄러웠다. 써커스 장내에 들어서면 바닥은 땅바닥에 가마니 같은 것을 깔고 앉았다. 원숭이도 재주를 하고 공놀이, 외발자전거 타기, 줄타기, 공중그네 타기 등의 재주를 보였고 그때마다 박수를 쳤다.

구경이라면 운동장을 빼놓을 수 없다. 공설 운동장에는 축구장, 야구장, 수영장 등이 있었다. 그때도 야구가 제일 인기였는데 입장료가 없어서 우리는 담을 넘어갔다. 운동장 담에 전봇대가 붙어 있는 곳이 있었다. 우리는 앞서거니 뒤서거니 하며 잡아 주고 밀어 주고 하며 전봇대를 올라 담을 타고 넘었다. 처음 보는 야구장은 나의 가슴을 뛰게 하기에는 충분했다. 수많은 관중들이 V 자로 뻗어 있는 시멘트 스탠드에 질서 있게 앉아서 열광하는 모습은 꿈에서도 보지 못한 것이었다. 야구 선수들의 유니폼도 멋져 보였지만, 포수가 프로텍터를 착용하고 경기를 하는 것이 갑옷을 입은 이순신 장군 같아서 너무 멋있었다.

야구장에서의 감동과 더불어 수영장에서의 놀라움은 또 다른 것이었다. 유리같이 맑고 보석같이 새파랗게 빛나는 풀장에서 인어 같은 선수들이 줄을 지어 물을 헤어 나가는 모습은, 해수욕장의 무질서하고 지저분한 곳과는 비교할 수 없는 놀라운 장면이었다. 운동장의 새로운 모습은 이상한 세상을 여행하던 걸리버가 느끼던 감동을 안겨 주었다. 상상할 수 없었던 낯선 시야는 나에게 경이로움으로 밀려왔다. 세련되고 황홀한 그 공간은 동일교 아래의 좁은 골목길에서 살아가던 나에게는 차원이 다른 세상이었다.

돈 없이도 볼 수 있었던 구경거리도 있었다. 빵구쟁이 할매집 앞을 사람들이 둘러싸고 있었는데, 가 보니까 개 두 마리가 흘레를 하고 있었다. 수컷이 암컷을 올라타더니 돌아서서 궁댕이를 맞대고 밀었다 당겼다 하고 있었다. 사람들은 웃으며 재미있어했는데 어떤 아주머니가 대야에 뜨거운 물을 가득 들고 와서 무어라 욕을 하며 개를 향해 뿌리는 것이었다. 개들은 순식간에 떨어졌다. 그러나 불쌍하게도 수캐의 생식기가 30cm는 되는 것이 마치 탈장이라도 된 듯이 빠져 나와 덜렁거렸던 것이다. 나는 저러다가 죽지나 않을까 조바심이 났다.

연극 놀이

잊지 못할 추억 중에는 연극이 있었다. 우리 동네에서 가장 가까운 곳에 있는 극장―그 당시 극장이란 곳은 주로 영화를 상영하긴 하지만 명절이 되면 쇼를 하였고, 때때로 유랑 극단에서 하는 악극을 하였다―이 서부극장이었다.

한번은 서부극장에서 「호동 왕자와 낙랑 공주」란 악극이 상연되었고 그것을 본 아이의 사실적 서사에 의해 연극 희곡이 만들어졌다. 물론 단막극이었고 시퀀스도 하나뿐인 단순한 내용이었다. 그것은 원래 악극의 마지막 부분인, 고구려군이 낙랑군을 물리치며 호동 왕자가 낙랑 공주의 아버지인 낙랑 태수를 찔러 죽이는 장면이었다. 연극을 위해서 우리들은 나무칼도 만들고 왕관도 만들었다. 왕관은 태수가 쓰는 것이었는데, 도화지 한 장을 접어서 왕관의 반쪽 모양을 그리고 가위로 오려 내어 펴면 데칼코마니같이 대칭된 왕관의 모양이 나온다. 거기에 크레파스로 색을 칠하고 양 끝을 풀로 붙이면 근사한 왕관이 되었다. 호동 왕자 역은 수만이가 하거나 그가 없을 때는 제2인자가 했고, 낙랑 태수는 모인

애들 중에서 2인자가 했다. 나머지 아이들은 편을 갈라 고구려군과 낙랑군의 병사가 되었다. 진행은 낙랑군이 주둔한 평양성에 고구려군이 쳐들어와 낙랑군을 모두 쓰러뜨리고 호동 왕자가 낙랑 태수를 찔러 죽이는 것이었다. 그때의 대사가 "정지칼을 받아라!"였다. 부엌을 경상도 사투리로 '정지'라고 하고 부엌칼을 '정지칼'이라고 했다. 원래 극중의 대사는 "정의의 칼을 받아라!"였지만 잘못 들었는지 잘못 이해했는지 정의의 칼은 정지칼로 변했고, 그 칼에 낙랑 태수는 쓰러졌고 역사는 흘러갔다. 대사의 의미야 어떻든 우리는 진지했고 연극에 열중하였는데, 관중들은 계집애 몇 명이 있었는지 모르겠지만 어른들은 거들떠보지도 않았다.

시작이 있으면 끝이 있는 법. 우리가 그렇게 정열을 다하던 「호동 왕자와 낙랑 공주」도 종연할 날이 왔다. 그날의 장소는 수만이네 집 우물가였다. 때는 어둠이 내려 그 집 마루에 켜 놓은 백열등의 빛만이 비스듬히 무대를 비춰 주고 있는 시각이었다. 몇 번의 상연으로 익숙해져 가던 중이라 NG 없이 잘 진행되었다. 극은 마지막 클라이맥스에 다다랐다. 호동 왕자가 유명한 대사 "정지칼을 받아라!"를 외치며 칼을 내려치는 순간, 세상은 암흑 속으로 빠졌다. 정전이 되었던 것이다. 희미한 백열등마저 꺼지자 세상은 칠흑 같은 어둠 속에 묻혔는데, 그와 동시에 하늘에선 물벼락이 쏟아졌다. 연극을 하던 우리는 혼비백산하였다. 어둠 속에 일어난 난리 통에서 어떻게 빠져나왔는지 몰랐으나 모두들 뿔뿔이 헤어졌다.

다음날 알고 보니 사건의 내막은 이러했다. 정전은 그저 당시 수시로 일어나는 행사였던 것이지만, 물벼락은 앞집에서 겐짱 형이 시끄럽다고 바가지를 이용해 울타리 너머로 뿌린 것이었다. 마침 정전과 같은 시간에 맞추어진 것이었다. 그것이 마지막 공연이 되었다. 낙랑 태수는 하늘의 도움으로 목숨을 건졌다.

11
문화시설

　내가 유치원 다닐 때인가 고모 집에 라디오가 들어왔다. 까만 인조 가죽으로 거죽을 한 제니스 라디오였다. 그 귀한 물건은 고모 집에 들어오자마자 재산 1호가 되었다. 그 라디오는 귀하신 몸으로 다루어져 장롱 안에 모셔 놓고, 사용할 때에는 농문을 열고 들었다. 내가 라디오를 들은 것은 그것이 처음이었다. 거기서 사람의 말소리도 들렸고 노랫소리도 들렸는데, 너무 신기하여 라디오 뒤를 찾아봐도 원인을 찾을 수가 없었다. 결국은 라디오 안에 아주 작은 사람이 들어 있다고 결론을 내렸는데, 그러면 그 사람들이 어디서 밥을 먹을까 걱정이 되었다.

　한번은 고모 식구가 없는 방에서 내가 라디오를 들고 나왔는데 다음 날 야단이 났다. 라디오 배터리가 다 나갔기 때문이다. 고모부가 알아보니 내가 음량 스위치만 낮추고 전원을 끄지 않았던 것이었다. 제니스 배터리는 크기가 담배 한 보루보다 컸으니까 배터리값도 꽤 비쌌을 것이다. 제니스 라디오도 진공관 라디오였으니까 보스톤백만 했다.

내가 국민학교 다닐 때는 국산 라디오로 금성 라디오가 나와서 굉장히 인기가 좋았다. 그 뒤 진공관 대신에 트랜지스터를 사용한 라디오가 나와 휴대하기 좋을 만큼 작아서, 소니 트랜지스터 라디오를 들고 다니는 것이 자랑거리였고 유행이 되었다.

그 시절 라디오의 최고 인기 프로는 뭐니 뭐니 해도 연속방송극이었다. 지금의 텔레비전 드라마의 전신인 셈이다. 더구나 여자들에게는 마약이었다. 우리 집에는 라디오가 어머니 방에 있었다. 우리 집에서 일하던 식모는 해가 지고 방송극 시간이 되면 아버지 때문에 방에 들어가진 못하고 방문 앞에서 귀를 대고 들었다. 엄동설한에 몸뻬 바지를 덮어쓰고 쪼그리고 앉아서 듣고 있는 모습은 그녀의 열정이었다. 그때의 성우의 인기는 배우만 했는데 라디오에서 흘러나오는 목소리는 감정 어린 목소리여서 시청자들의 심금을 울리기에는 모자람이 없었다.

남자 시청자들을 목 타게 만든 것은 스포츠 중계였다. 그 당시의 국가 대항전 중의 백미는 축구 경기였다. 국가 대항 경기가 열리면 모두가 라디오 앞에서 귀를 모았다. 더구나 임택근, 이광재 아나운서의 "고국에 계시는 국민 여러분 안녕하십니까? 여기는 방콕입니다. 오늘도 우리의 용사들이……"로 시작하는 중계방송은 시청자들의 피를 끓게 했고, 전 국민을 '국뽕'으로 만들었다. 우리가 이길 경우에는 상대 선수들의 거친 반칙과 심판들의 편파적인 심판을 무릅쓰고 불굴의 정신력으로 이겼으며, 질 경우에는 또한 그런 이유에서 졌다. 그 당시에 단련된 애국심이 현대 자동차를 사게 하고 삼성 스마트폰을 애용하게 했다고 하면 지나친 주장일까.

국민학교 5학년 때인가 아버지가 천일사 별표 전축을 들여놓으셨는데 온 집 안이 훤해 보이는 폼 나는 것이었다. 양쪽에 스피커가 날개같이 붙어 있는, 작은 책장만 한 전축은 보기만 해도 근사했다. 얼마 안 있어 아버지가 나에게 클래식 음반을 사 주셨는데 하나는 소품집이고 또 다른 하나는 차이코프스키의 「비창」 교향곡이었다. 그 LP 판은 내가 고등학교 다닐 때까지 들었으며 나의 무딘 음악 감수성을 다듬어 주었다.

텔레비전은 동경 올림픽 때 당고모 댁에서 정신조 선수가 사쿠라이와의 복싱 결승전을 할 때 애를 끓으며 봤던 기억이 있다. 그러니까 보편화된 것은 고등학교 때, 집에 텔레비전을 설치하며 텔레비전보다 큰 안테나를 지붕 높이 세웠을 즈음이었다.

전화는 몹시 귀해서 백색 전화—청색 전화는 처음 설치한 집에서 옮길 수가 없는데 백색 전화는 매매가 가능했다—는 프리미엄이 꽤 붙어 팔렸고 수돗물과 함께 동네 공용으로 사용했다.

12

할머니의 옛날이야기

할머니는 간혹 옛날이야기를 해 주셨다. 우리들은 앉아서 듣기도 하고 이불 속에 들어가 눈만 내놓고 듣기도 하면서 할머니의 얘기에 귀를 기울였다. 이불 속에 들어간 것은 추워서가 아니라 무서워서였다. 할머니의 얘기 중에 지금도 말짱하게 기억에 남아 있는 것이 있다. 얼마나 무섭고 스릴 있었는지 몇 번을 리와인딩 해 달라고 떼를 쓰며 들었던 것이다. 내용은 이렇다.

옛날 옛적에 세상 부러울 것 없는 부잣집이 있었다. 그 부자는 아들 셋을 두었는데 그 밑으로 귀한 딸이 태어났다. 기다리던 딸이었기에, 아이는 금이야 옥이야 부모의 애정을 한 몸에 받으며 자랐다. 그 아이는 자라서 예쁘고 똑똑한 처녀가 되었다. 그 집에는 말을 여러 마리 키우고 있었는데, 어느 날 갑자기 말 한 마리가 죽었다. 밤사이에 죽었는데 아무런 상처도 없었다. 그다음 날 아침에 마구간을 가 보니 또 한 마리의 말이 쓰러진 채 죽어 있었다. 이상하게 생각한 부자 영감은 아들들에게 야간에 말들에게 무슨 일이 일어나는지 지켜보게 했다. 큰아들이 저녁을 먹고 마구간에 몸을 숨기고 보초를 섰다. 큰아들은 잠을 못 이겨 잠들어 버렸고, 다음 날 아침에 보니 또 한 마리의 말이 쓰러져 있었다. 영감님은 작은 아들에게 다시 보초를 시켰다. 작은 아들은 반드시 원인을 밝히겠다고 눈을 비비며 지켰으나 그 또한 쏟아지는 잠 때문에 잠들어 버렸고, 다음 날 아침에도 어김없이 또 한 마리의 말이 아무런 상처도 없이 죽어 있었다. 부자 영감은 탄식을 하고 막내아들인 길동에게 간곡히 부탁하며 보초 업무를 맡겼다. 길동은 나밖에는 더 이상 지킬 사람이 없다고 굳은 결심을 하고 마구간으로 갔다. 자정이 지나자 잠이 쏟아졌다. 길동이 허벅지를 꼬집으며 잠과 싸우고 있을 때, 어디서 인기척이 나더니 소복을 한 처녀가 주위를 살피며 걸어오는 것이었다. 자세히 보니 다름 아닌 여동생 홍련이었다. 그녀는 남아 있는 말 중 한 마리의 말에 접근해서 한 손의 소매를 걷고 말의 항문으로 손을 쑥 집어넣어 간을 뽑아냈다. 그러자 말은 쓰러지고, 그녀는 간을 먹는 것이었다. 그러고는 우물가로 가서 입과 손에 묻은 피를 씻고 자기 방으로 들어가는 것이었다. 길동은 머리털이 쭈뼛하게 서고 온몸이 부들부들 떨렸으나 그녀가 사라진 뒤 살금살금 자기 방으로 갔다. 다음날 길동은 여동생이 없는 가족회의에서 어젯밤 본 것을 그대로 얘기했다. 그는 여동생이 사람이 아니라 매구(천 년 묵은 여우가 변하여 된다는 전설에서의 짐승)라고 하며, 여동생을 죽여야 한다고 말했다. 듣고 있던 아버지와 형들은 그럴 리가 없다고, 네가 거짓말을 하는 것이라고 하면서 아무도 들어 주지 않았다. 그다음 날 길동은 혼자서 말을 타고 집을 떠났다.

길동은 매구를 없애기 위해 멀리 떨어진 곳에서 도사에게 무술을 배웠다. 3년이 지나 도사에게서 모든 것을 다 배운 후 집으로 돌아가려는데, 도사님은 길동에게 급할 때 쓰라면서 빨간 병, 파란 병, 하얀 병을 주었다. 길동은 세 개의 병을 가슴에 품고 부모님이 계시는 고향으로 돌아왔다. 옛집으로 가니 웅장하던 기와집이 폐허가 되어 있었다. 대문을 들어서자 기왓장은 부서져 있고 마당에는 잡초가 무성했다. 여동생이 마루에 앉아 있었는데, 대뜸 막내 오빠를 향해 반색을 하고 뛰어나왔다. "오빠야, 와 인자(이제) 왔노? 어데 갔다 인자 왔노?" 하며 달려왔다. 등 뒤로 식은땀이 흘렀으나 길동은 표정을 흐트리지 않고 "홍련아, 부모님은 어데 계시노?" 하고 물었다. 그러자 여동생은 "저세상 갔지."라고 대답했다. "성님들은 어데 계시노?" 하고 묻자, 여동생은 "내가 잡아묵었지." 라고 대답했다. 모골이 송연해진 길동은 정신을 바짝 차리자고 생각하며 도망갈 궁리를 하였다. 길동은 배가 고프다며 밥상을 차려 달라고 한 뒤 마루에 앉았다. 여동생, 아니 매구는 "오빠야는 파김 치 좋아하제. 뒤뜰에 가서 금시 파 뽑아 오게." 하며 "오빠야, 도망 가믄 안 된데이." 하고는 실을 풀어 길동의 허리와 자기의 허리를 실로 묶고 뒤뜰로 갔다. 길동은 살그머니 허리에 묶은 실을 풀어

기둥에 매어 놓고 대문 밖으로 뛰쳐나가 말 등에 올라탔다. "이랴, 말아, 매구한테 잡히모 내 죽고 니 죽는데이." 하며 채찍을 휘둘렀다. 그때 뒤돌아보니 매구가 눈치를 채고 뒤따라오고 있었다. "오빠야, 밥 묵고 가라 안 캤나. 안 잡아묵을 끼네 도망치지 마라." 하면서 달려오는데, 얼마나 빠르게 달려오는지 거리가 차츰 좁아졌다. 매구는 바로 뒤까지 다가와 "오빠는 도망 못 간데이. 금방 내 손에 잡힐끼다." 하면서 손을 뻗어 말 꼬리를 잡으려고 했다. 그때 길동은 가슴 속의 하얀 병을 꺼내 매구를 향해 던졌다. 그러자 매구 앞에 가시나무 숲이 펼쳐졌다. 매구는 우왕좌왕 날뛰다가 가시에 옷이 찢겨지고 가시가 살에 박힌 채로 그 숲을 헤쳐 나왔다. 매구는 "오빠야가 아무리 그래도 나는 못 피한데이." 하면서 다시 달리기 시작해, 말 꼬리를 잡을 듯했다. 길동은 이번에는 파란 병을 던졌다. 매구 앞에 갑자기 강이 생겼다. 매구는 강 건너에서 우왕좌왕하다가 물속으로 뛰어들어 헤엄쳐 오기 시작했다. 강을 건넌 후 다시 달려오기 시작했는데, 두 사람의 거리는 다시 차츰 좁아져 매구가 또다시 말 꼬리를 잡으려고 했다. 길동은 마지막 병을 던졌다. 빨간 병은 불이 되었다. 매구 앞에 큰불이 일어났다. 우왕좌왕하던 매구는 불 속으로 뛰어들었다. 불은 매구의 몸에 붙었고 매구는 비명을 지르며 불에 타 죽었다.

길동은 옛집으로 다시 돌아와서 부모님과 형님들의 유품들을 집 뒤에 묻고 절을 올리고 통곡을 하며 영혼들을 위로했다.

이런 옛날이야기를 듣고 또 들으면서 잠을 자지도 않았다. 긴장과 두려움 속에서 눈동자를 반짝이며 듣곤 했다. 이미 내용은 들어서 알고 있었지만 다시 들어도 그 맛은 똑같은 것이어서, 매구가 말꼬리를 잡을라치면 "할매, 빨리 병을 던지 뿌라." 하면서 마치 할머니가 길동이라도 된 것처럼 재촉하기도 했다. 이야기가 끝나고 "할매, 매구가 머꼬?" 하고 물었다. 할머니가 매구는 천 년 묵은 야시(여우)가 여자로 나타나는 것이라고 하면 다시 "그라모 할매는 봤나?" 하고 묻기도 했는데, 할머니는 "본 사람들이 많데이, 이 동네도 있었다 카더라."라고 했다. 그러면 할머니 품속에 기어들며 걱정 속에 잠이 들었다.

다른 얘기들도 하셨다. 모모타로(일본 전설 속 영웅 '복숭아 동자') 얘기도 하셨고, 냇가에서 똥을 건져 와 된장국을 끓여 먹었다는 할아버지 얘기도 하셨다. 제일 인기 있는 것은 웃음보가 터지는 얘기보다 스릴에 몸을 조이는 매구 나오는 괴기물이었다. 나도 할머니의 얘기를 좋아했는데, 그것이 나로 하여금 어설픈 글이라도 쓰게 한 동기가 된 것인지도 모르겠다.

13

할머니의 고향

　할머니의 고향은 경상남도 동래군 기장면이었다. 이렇게 얘기하니까 아주 먼 시골 같지만 지금은 부산광역시다. 여름에 할머니를 따라 그곳으로 놀러 간 적이 몇 번 있었다. 동해남부선을 타고 해운대, 송정을 지나 기장역에 도착하면 거기서 할머니의 남동생이신 할아버지가 계시는 죽성리까지는 십 리 길이었는데―옛날에는 거리 감각이 야박하지 않아 십 리를 가서도 십 리가 남았다고 했다―고개를 넘어가는 구불구불한 비포장도로가 그렇게나 멀었다. 죽성리에는 할머니의 남동생 집이 있었고 월전리에는 언니 집이 있었고, 지금은 횟집이 줄지어 유흥지로 변한 대변리에도 친척이 있었다. 죽성과 대변은 때 묻지 않은 바닷가였다. 그 앞바다에서 나는 미역은 조선시대 임금님께 진상하던 특산물이었다. 나는 주로 죽성에 머물렀는데 촌수도 모르는 내 또래의 친척 아이들과 어울려 놀았다. 그러나 시골의 여름은 매미 소리만큼 여유로워 권태로운 시간도 많이 있었다. 동네 아이들과 논둑길을 걷다가 괜히 들고 있던 막대기로 무단히 개구리를 때려죽이는 것을 보고 잔인

하다고도 생각했고, 머슴이 그릇의 두 배가 넘는 고봉밥을 먹는 것을 보고 놀라기도 했다. 바다로 흘러드는 하천이 있었는데, 모래로 올라온 붕어를 집에 가지고 와서 세숫대야에 물을 담아 두고 신기해서 보고 있던 걸 할아버지가 건져 내 닭장에 던져 주시는 걸 무척 서운해한 적도 있었다.

가까운 바닷가에서 물놀이도 많이 했다. 한번은 바다로 흘러들어 가는 하천이 바다와의 접경에서 폭이 좁아졌다. 나무판을 두 손으로 잡고 두 발로 헤엄치며 건너 쪽으로 건너가려고 했다. 이제 다 건넜다고 생각하고 일어섰는데 내 키를 넘는 물 깊이에 당황해 허우적거리며 냇물에 떠내려갔다. 물을 먹으며 한 손으로 나무판만 잡은 채 파란 하늘을 보면서 '이제 죽었구나.' 하며 절망하는 순간, 발바닥이 하천 바닥에 닿아 걸어 나왔다. 하천 폭이 좁아서 거리는 가까워 보였지만, 유속이 빨라지고 깊어졌다가 다시 바다에서 바닥이 올라왔던 것이다.

할머니와 같이 바닷가에 나간 적도 있었는데 할머니가 수영을 하는 것을 보고 깜짝 놀랐다. 수영복 대신 속옷을 입고 하셨다. 그렇게 물속에서 마음껏 헤엄을 친 것이 얼마 만이었을까. 부산으로 시집오고 처음일 것이다. 할머니는 고된 시집살이 중에 고향의 바닷가가 얼마나 그리웠을까. 할아버지가 돌아가시고 얻은 자유는, 고향의 바닷가에서야 마침내 어린 시절 동네 아이들과 팬츠만 입고 헤엄치고 놀던 때를 그리워하며 스스로 헤엄치게 했을 것이다. 그때는 할머니의 헤엄치는 모습이 우스꽝스럽기도 하고 신기하기도 했지만, 지금 생각하니 그런 생각이 떠오른다.

모처럼 부산에 내려갔을 때 옛 맛을 찾아 대변에 간 적이 있었다. 대변리의 무상함은 상전벽해라 해도 과언이 아니었다. 바닷가 기암만이 지표가 될 뿐이었다. 이제는 부산의 번성한 위락 관광지로 바뀐 대변은 우선 바뀌어야 할 이름만 독야청청할 뿐, 그 옛날 한적한 모습은 간데없다. 나그네는 회정에 잠겨 길을 멈추건만 갈매기도 아는지 울면서 날아가더라.

기태의 죽음

그 시절의 의료 혜택이란 극히 미미한 것이었다. 큰 병이 아니면 병원엘 가지 않았다. 왕진이 많았던 것도 병이 중해지기 전에는 병원에 가지 않았던 이유 때문인 것 같다. 대부분은 민간요법에 의지했는데, 감기 몸살에는 꿀물—없으면 설탕물—을 따끈하게 데워서 마신 후 아랫목에서 두터운 솜이불을 덮고 땀을 푹 흘리게 하고, 배 아프면 엄마 손은 약손이라며 배를 문질렀으며, 체하면 바늘로 손톱 위쪽을 따서 죽은피를 뽑았고, 연탄가스 마시면 동치미 국물을 한 사발 마시고 찬바람을 쐤으며, 이빨 뽑을 때는 흔들리는 이빨을 실로 장롱 손잡이에 묶어 놓고 이마를 탁 하고 쳤고, 빠진 이빨은 지붕 위에 던져 놓고 "까치야, 까치야, 헌 이빨 가져가고 새 이빨 가져온나." 하고 노래 불렀다. 심지어 산모가 산통이 시작되면 산파를 불러 집에서 아이를 낳았다.

한번은 내가 좀 심하게 아팠는데 민간요법으로는 별 효과가 없자 수철이 할매를 불러왔다. 그분은 동네에서는 작은 무속을 한다든가 점이나 토정비결을 봐 주는 분이었다. 수철이 할매는 나를 대청마루에 앉히고 부엌칼을 들고 칼춤 추듯 몸을 움직이다가 그 칼로 나를 내려치듯 하며 "이놈 객구야 썩 물러가라!" 하며 큰 소리를 지르기도 했다. 나는 깜짝깜짝 놀라면서 눈을 감기도 하고 칼을 피해 움츠리기도 했는데 한참을 하고 끝이 났다. 수철이 할매는 가고 신기하게도 얼마 안 있어 내 몸의 병은 씻은 듯이 나았다. 할머니는 그것을 '객구 물리기(물리치기)'라 하셨는데 객구는 객귀(客鬼)를 말하는 듯하다. 나는 객귀의 존재조차 몰랐기 때문에 플라시보 효과로 볼 수도 없었다.

우리의 생각 속에는 죽음이란 나이가 들어 죽는 것밖에 없었는데, 골목 아이들 중에 한 아이가 죽었다. 그것도 며칠 전만 하더라도 웃으며 뛰어놀던 건강한 아이가. 그 아이는 기철이란 아이의 동생으로, 다섯 살 난 튼튼하게 생긴 기태였다. 그 아이는 우리 옆집 병구네 집에 세 들어 살고 있었다. 그 집의 옆문이 우리 집 텃밭으로 가는 샛길로 통하게 돼 있었다. 어느 날 저녁 아버지에게 연락이 와서 아버지가 가 보니까 기태가 열병을 앓고 있었다. 아버지는 동대신동시장터에 있는 대관병원에 사람을 보내어 의사 선생님을 왕진케 했다. 진단은 폐렴이었는데 너무 늦어 죽고 말았다. 아버지가 집으로 돌아와 조금만 일찍 연락을 받았어도 아이를 살렸을 것이라고 한탄을 하셨다. 가난한 집에서는 어지간해서는 병원 신세를 안 졌던 시절이었다. 그날 저녁은 우울하게 잠을 청했다.

얼마나 지났을까. 잠결에 웅성대는 사람들의 소리가 들려왔고, 좀 지나자 어디선가 머리카락 태우는 듯한 역한 냄새가 나더니 한참이나 계속되었다. 나는 눈을 뜬 채 누워 있었다. 그리고 또 잠이 들었나 보다. 그날 밤이 지나고 어른들이 하는 애기로 미루어 보니 그 아이의 시신을 개울가에서 화장을 한 것이었다. 개울가로 가 봤더니 축대 밑 한 곳에 불에 타다 남은 장작들이 흩어져 있었다. 기태는 그렇게 폐렴으로 저세상으로 갔다. 그것은 한순간이었고, 아무도 예상 못한 일이었고, 그리고 또 세상은 아무렇지도 않은 듯 무심코 돌아갔다. 그때 연상되었던 것이 보수산 솔밭에 흩어져 쌓여 있던 돌무덤들이었다. 기태의 유골도 맨땅에 파묻고는 돌을 쌓았을 것이다. 한때의 우리들의 장난같이 아이들의 호기심으로 기태의 돌무덤이 들추어지지 않기를 바랄 뿐이었다.

보수천

　보수천은 동네 앞으로 무심코 흘렀는데, 동네 어른들의 삶과는 한 발 떨어져 있었지만 우리들에게는 떼어 놓을 수 없는 공간이었다.

　한때, 누가 시작했는지는 몰라도 보수천은 우리에게 경제적인 수입을 올려 주는 귀한 일터이기도 했다. 바지를 걷고 들어가 개천 바닥을 갈구리나 쇠스랑 같은 것으로 파내면 거기에 여러 가지 금속편이 캐어져 나왔는데 구리, 신주(황동, 놋쇠), 양은, 납 같은 것이었다. 대부분 쌀알만 한 조각이었지만 그것도 대중이 없어서 치약 튜브—그 당시에는 납으로 만들어졌다—나 양은 그릇, 구리선 같은 것도 있어서 횡재를 하기도 했다. 마치 사금 채취하듯 모래와 작은 돌멩이를 손바닥에 올려놓고 가려냈다. 그렇게 모은 금속 조각들을 좀 떨어져 있던 고물상까지 가서 주인에게 주면 대강 보고 돈을 지불하는 것이었는데, 그때는 소액이라 하더라도 아이들에게는 적은 돈이 아니어서 대단한 보람을 느꼈다. 그 돈을 쓸 때는 어머니한테서 받은 돈을 쓸 때와는 또 다른 맛이 있었다. 몇 번을 거래를 하자 우리는 주인아저씨가 눈대중으로 값을 쳐주는

데, 양의 차이를 가늠치 않고 한 번 가져오면 일정액을 지불하는 것을 알게 되었다. 그래서 한 번에 가져가지 않고 캐낸 금속 조각들을 2분, 3분하여 가져갔고 주인은 갈 때마다 일정액을 주었다. 몇 번을 그렇게 재미를 봤는데 언젠가부터는 우리가 요령 부리는 것을 알았는지 저울을 사용해서 계량하여 지불을 하기 시작했고, 그 뒤로는 더 이상 그 방법을 쓰지 못했다.

이런 해프닝도 있었다. 다리 이름은 잊었으나 동일교 하류에 있었던 다리를 지나가는데 보수천에서 한 여자―아마도 정신병자일 것이다―가 물가에서 옷을 벗기 시작했다. 옷을 다 벗더니 물속으로 들어가 몸을 씻기 시작했다. 시간이 흐르면서 그 광경을 보고 있던 내 주위로 하나둘 사람들이 모여들더니, 순식간에 다리 위에는 사람들이 바글거렸다. 여자는 없었고 남자들만 노소를 가리지 않고 히죽거리며 감탄하는 소리도 내고, 저희들끼리 뭐라 수군거리기도 했다. 그 여자는 숱한 시선에도 불구하고 의연하게 몸을 씻었다. 영화의 키스 장면도 정부의 허가를 받아야 했던 그 시절, 목마른 남자들에게 영화도 아닌 실물을 볼 수 있었던 것은 평생의 행운이 아니었을까? 그 사람들에게 요즘 흔한 동영상을 보였다면 눈알이라도 튀어나오지 않았을까? 그러나 사실 나는 별 흥미를 못 느꼈다. 국민학교 다닐 때도 목욕 갈 때 어머니랑 여탕에 들어갔으니까.

개울에서 얻는 자원 중에는 '찐대'라는 것이 있었다. 그것은 개울 바닥 모서리에서 간혹 발견되던 까만색의 진흙이었는데, 먹을 수 있다고 해서 아이들이 먹기도 했다. 다른 용도도 있었는데, 작은 돌멩이를 싸서 동네 싸움 때 탄환으로 사용하는 것이었다. 그래서 열심히 만들어 무기로 쌓아 두었다. 그리고 어느 날 위쪽의 이웃 동네와 싸움이 붙었는데, 서로 돌멩이를 던지며 싸우게 되었다. 우리는 맞아도 다치지 않는 찐대로 만든 탄환을 썼지만 상대는 그냥 돌멩이를 던졌다. 맨 돌멩이가 위력이 더 컸으므로 우리도 나중에는 작은 돌멩이를 던졌다. 접전 중 내 이마에 돌이 맞아 피가 났고, 진지로 돌아온 나에게 수만이는 용감하다고 나를 치켜세웠다. 오랜만에 수만이에게 칭찬을 받은 것이다. 나는 그때 내가 우리 동네를 위해서 무언가 보람 있는 일을 한다는 생각이 들었고, 다시 전선에서 앞장을 섰다. 지금 생각하니 유치한 생각이었던 것이 아니라, 전쟁에 나가서 용감하게 싸우고 부상당한 군인들에게 주는 훈장을 받기 위해, 나라를 위해 목숨을 바치는 충성심과 같은 것이 아닌가 하는 생각이 든다. 그중에 전쟁을 지휘하는 대장은 부하들의 수많은 목숨으로 자신은 다치지도 않고 전쟁의 영웅이 되는 것을 보면 그 시절의 동네 싸움이나 지금의 전쟁이나 다를 바가 없어 보인다. 텔레비전에서 북한 소식에 나오는 북한 영웅들이 가슴에서 허리춤까지 단 장난감 같은 훈장을 보면 더욱 그렇다.

충견

개를 키우는 집이 더러 있었는데 우리 집에도 개를 키우고 있었다. 그때는 애완견이라고는 없었고, 셰퍼드나 진돗개는 드물게 볼 수 있었으나 대부분은 황구나 잡견이었다.

우리 집에서 키우는 개도 똥개라 불리던 황구였는데 그 개들의 주인에 대한 충성심은 명견들에 못지않았다. 아무것이나 잘 먹고 잘 자랐고, 사람들이 먹고 남은 찌꺼기를 주면서 키우니 음식물 쓰레기 청소도 대신 해 주는 셈이었다. 그중 한 마리의 이름이 '럭키'였는데 학교 갔다 오면 누구보다 제일 반겼다. 내가 럭키를 쓰다듬어 주는 것의 열 배로 럭키는 나를 좋아했다. 럭키가 강아지를 낳을 때는, 마루 밑에서 강아지가 어미 개 배 속에서 나오는 것을 직접 보기도 했다. 럭키는 쉬어 가며 한 마리씩 낳았다. 한 마리가 나올 때마다 어미 개가 핥아서 새끼가 싸고 나온 태를 먹으면 양수가 쏟아지면서 한 마리 한 마리가 꼼지락거리고 나왔다. 어미 개는 한 마리 한 마리 새끼를 핥아서 양수를 말려 주는 것이었다. 그렇게 해서 여덟 마리를 낳았다. 눈도 뜨지 못한 새끼들이 어미 개의 젖을 빠는 모습이 얼마나 귀엽고 신기했는지, 어미 개가 마루 밑에서 눈에 불을 켜고 으르렁거리는데도 강아지를 끄집어내어 마루 위에서 데리고 놀았다. 그 강아지의 귀여움은 다른 어떤 것과도 비할 수가 없었다. 할머니가 손자를 보고 "어이구, 내 강생이(강아지)." 하면서 껴안는 이유를 알 것 같았다. 귀엽게 자라던 강아지들도 어느새 분양을 해 버렸다.

여름철 어느 날 럭키가 사라졌다. 그때에는 개 도둑이 많았는데 그들은 집 밖을 나돌아 다니는 개들을 보신탕용으로 훔쳐 갔다. 럭키는 돌아오지 않았고 동네를 벗어나서 찾아도 찾을 수 없었다. 며칠이 지났다. 럭키에 대한 애달픔도 잊혀갈 무렵, 다른 아이들과 골목에서 놀고 있을 때였다. 짜잔! 럭키가 개울 건너 쪽에서 나타난 것이다. 개울을 첨벙첨벙 건너서 오는 럭키의 목에는 끊어진 새끼줄이 묶여 있었고, 달려온 럭키와 나는 눈물 어린 포옹을 했다. 그즈음 아버지가 나를 데리고 영화관에 가서 보여 준 것 중에 「눈물 어린 포옹」이란 영화가 있었다. 스페인을 배경으로, 한 소년이 정들어 키운 소가 투우로 팔려 간다. 소년이 소를 못 잊어 찾아 헤매다 마침내는 투우장에서 투우 경기를 하고 있던 소를 발견하는데……. 마침내 소년은 잔등에 투우 창 몇 개가 꽂힌 그 소를 만나 눈물 어린 포옹을 한다는 내용이었다. 나는 그 영화를 보면서 눈물을 뚝뚝 흘렸었는데, 럭키를 만나자 그 생각이 났다.

　어느 날 저녁, 럭키가 밥을 먹지 않고 끙끙대고 있는 것이었다. 그날은 어머니가 맛있는 특식으로 개밥을 주셨는데도 입도 대지 않고 있었다. 나를 쳐다보는 눈빛이 나에게 구원을 요청하는 듯 겁에 질리고 슬퍼 보였다. 어머니에게 물어보았더니 내일 개를 잡는다고 하셨다. 럭키는 동물적 육감으로 알고 있었다. 나는 어머니에게 럭키를 살려 달라고 치마를 잡고 떼를 썼지만 럭키는 다음 날 버둥거리며 동네 사람들에게 끌려갔다.

　저녁에 보신탕이 식탁 위에 올랐고 나는 밥을 먹을 수가 없었다. 그 시대에는 강아지를 데려와 몇 년 키우다가 성견이 되면 개를 잡았다. 다른 가축과 같이 취급했던 것이다. 럭키는 죽어서도 육신을 주인을 위해 바쳤으니 충견임에는 틀림없었으나 럭키의 삶은 럭키하지 못했다. 나는 무지 슬펐다. 럭키야, 지켜 주지 못해 미안해.

유치원 생활

나는 동네에서 유일하게 유치원에 다녔다. 나를 데리고 유치원 입학식에 갔던 사람은 할머니였다. 어머니는 늘 집안일에 묶여 있었다. 시부모를 모시고, 집안일에는 손끝 하나 까딱 않는 아버지와 아이들 넷을 키우느라 어머니의 하루는 쉴 틈이 없었다.

유치원의 이름은 수원지유치원이었다. 근처에 구덕산의 골짜기 물을 집수하고 부산 서부 지역의 상수도를 관장하는 수원지가 있었기 때문이다. 수원지 유치원은 넓고도 아름다웠는데 건물은 강당 같은 큰 교실과 독립된 원장 사택이 있었고, 그 주위에 여기저기 놀이터, 운동장, 연못, 텃밭이 있었다. 교실에서 세 분의 여자 선생님들에게 노래, 무용, 그림을 배우기도 하고 교실 밖에서 자연 공부를 하기도 했다. 그리고 넓은 마당을 뛰어다니며 놀기도 했다. 울타리는 크리스마스 때 장식으로 쓰이는 호랑가시나무로 둘러져 있었는데 열매가 빨갛게 달렸다. 계단 주위나 화단 곳곳에는 조릿대가 있어 그 잎을 따서 배를 만들기도 했다. 뒷마당 한편에는 텃밭이 있었는데 소사 아저씨가 여러 가지 채소를 심었고,

운동장은 넓어서 술래잡기, 공놀이 하기에는 충분했다.

음악 시간에는 노래도 많이 불렀고 합주반도 있었다. 그때의 악기는 캐스타네츠, 트라이앵글, 탬버린이 주였다. 그중 귀중한 악기가 있었으니 그것은 바이올린이었다. 원아들 누구도 보지 못한 신기한 악기였는데, 원장 선생님은 그것을 나에게 주며 연주를 맡겼다. 내가 못 한다며 하지 않으려고 하자, 합주 시에 연주하는 흉내만 내라고 하셨다. 그것은 나에게 영광이 아니라 고문이었다. 괴로움의 하나는 남들의 시선이 모이는 데 대한 부끄러움이었고, 둘은 거짓 연주를 해서 남들을 속여야 하는 양심의 가책이었다. 내가 바이올리니스트로 선택된 것은 아마 할머니의 영향이 아니었나 생각된다.

유치원 다닐 때의 잊지 못할 일은 유치원 밖에서 일어났다. 유치원을 파하고 집으로 올 때는 걸어서 왔는데 거리가 500m는 넘었다. 언제나 마찬가지로 걸어서 왔는데 갑자기 배탈이 났는지 화장실—그때는 변소라고 불렀지만—이 급했다. 겨우 참고 오다가 서부극장을 지날 때 더 이상 참지 못하고 싸고 말았다. 한번 터진 설사는 인정사정없이 쏟아져 나왔다. 또 여름철이라 반바지를 입고 있었는데 한쪽 다리를 타고 흘러내려 신발까지 들어갔다. 나는 울면서 걸어 왔다. 주위에 지나가는 아주머니가 안됐다는듯 뭐라 중얼거리면서 쳐다봤다. 나는 눈물이 마르도록 울면서 집까지 왔다.

어머니에게 야단맞을 준비를 하고 집에 들어섰는데, 어머니는 놀란 눈으로 나를 데리고 우물가로 가서 바지를 벗기고 손으로 씻어 주셨다. 그러면서 야단은커녕 나더러 얼마나 힘들게 왔느냐고 마음 아파하시는 것이었다. 어린 마음에도 그때 엄마의 사랑을 느꼈다. 지금 나는 어머니의 대소변 수발을 할 수 있을까?

소년기

1

할아버지의 죽음

내가 부산사범부속국민학교에 다니는 6년간의 행운을 얻었던 것은, 지근의 거리에 학교가 있는 덕분이기도 했지만 할아버지의 의지가 작용한 바 크다. 그 학교는 줄 서서 들어가는 곳이 아니었 고, 입학 자격을 사정하는 시험을 통과해야 했다. 나는 시험을 보 았고 떨어졌다. 시험은 아이들의 능력보다 부모들의 능력을 보았 던 것 같다. 그러나 할아버지의 물불 가리지 않는 우격다짐으로, 사랑하는 손자를 그 학교에 입학시켰다. 그때 수원지유치원 원장 의 딸의 티오(TO)를 양보받았는데, 그 딸도 뒤에 구제되었다. 내가 그 학교의 입학권을 얻었던 것은 내 인생의 커다란 분기점이 되었 다. 만약 공립 학교에 배정되었다면 내 인생이 어떻게 바뀌었을지 상상할 수 없다.

할아버지는 나를 입학시킨 뒤, 마치 할 일을 다 하셨다는 듯 그 해를 못 넘기고 세상을 떠나셨다. 어느 날 하교해서 동네 어귀를 들어서니까 동네 아이들이 우르르 몰려오면서 "느그 할배 죽었데 이." 하면서 할아버지의 죽음을 알려 주었다. 나는 그 말을 듣는 순간 눈앞이 캄캄해졌다. 그것은 슬픔 때문이 아니었다. '큰일 났네, 어짜지. 사람들은 내 행동을 살펴볼 낀데 슬프지도 않고, 슬픔을 보이기에는 챙피해서 도저히 그러지도 몬할 것 같은데 어짜지?' 하며 심한 망설임을 했다. 슬픔보다 남들의 시선이 앞섰다. "저 자슥은 즈그 할애비가 세상 베릿는데도 울지도 않네." 하는 비난의 소리가 귓가를 맴돌았다. 대문을 들어서니 곡소리가 들려오고 사람들이 모여서 웅성거리고 있었다. 나의 최선의 방법은 어머니를 찾는 것이었다. 어머니를 발견한 나는, 눈이 퉁퉁 부어 있는 어머니의 치마폭에 얼굴을 묻었다. 그 뒤 어머니에게 "엄마, 나도 울었제?" 하며 긍정을 강요했고 어머니는 그렇다고 인정하셨다.

할아버지의 시신은 안방에 모시고, 병풍을 둘러 놓고 며칠을 두고 문상을 받았다. 아버지는 조문을 받을 때마다 곡을 하셨는데 눈물을 흘리지 않아 이상했다. 상여로 나갔다. 동네의 겐짱 아버지가 상여의 꽃 장식을 만들었고, 꽹과리를 두들기며 상여 곡을 선창했다. "시방삼세 부처님과 어허어허, 팔만사천 큰법보화 어허어허……." 할아버지는 내리사랑만 주시고 손자의 애도도 받지 못하시고 저세상으로 떠나셨다.

2

국민학교 생활

내가 입학한 부산사범부속국민학교는 일반 공립 국민학교와는 달리 부산 유일의 차등화된 학교였다. 그 당시에는 사립 국민학교도 없었다. 부속국민학교에는 한 학년 3개 반이 있었고, 반원은 60여 명이었다. 어린이들은 교복을 입었는데 최고급 모직이었던 군청색 '구렛빠(제일모직의 교복 상표)' 기지의 학생복에 플라타너스 잎 모양의 모표가 달린 모자를 썼고, 하복은 흰 셔츠에 반바지를 입었다. 가방은 통가죽의 란도셀(일본 국민학교의 학생들이 메는, 네모난 건빵같이 생긴 책가방)을 멨다. 학부모들은 대부분 사회 지도층이었다. 판검사, 변호사, 의사, 교수, 기업체 사장, 고급 공무원 등이었다. 우리 아버지는 회사원이라 그 축에 끼지 못했다. 사친회라 하여 학부모 모임이 자주 있었는데 어머니는 자주 오시지 않아서, 담임인 이 선생님께서 나에게 어머님 모셔 오라는 부탁도 들었다. 나는 동네에서는 유일한 부속국민학생이었으니까 따돌림도 조금 받았다.

내가 그 학교를 다닐 때는 알지 못했으나 그 학교는 특별한 대우를 해 주던 학교였다. 매월 월사금을 냈다. 학교 건물은 일제강점기 때 건립된 2층 건물이었는데 'ㄷ' 자 형이었다. 사범학교가 한쪽 날개를 썼고 다른 한쪽 날개를 부속국민학교가 썼다. 너른 교실에는 교단 외에 담임 선생님의 책상과 풍금이 있었다. 학교에는 교실 외에도 음악 감상실, 과학실, 도서실, 시청각 교육실이 있었다. 2층 끝에는 큰 강당이 있었는데 넓이가 넓고 천장도 높아 메아리가 들리는 것같이 웅웅거렸다. 그곳에서는 비 오는 날 조회도 할 수 있었고, 실내 체육 교육도, 영화 관람도, 웅변 대회 등도 할 수 있었다. 운동장에는 철봉대와 모래판 외에 정글짐이 있는 놀이터도 있었고, 트랙과 축구 골대도 있었다. 학교의 담 안쪽에는 플라타너스와 히말라야시다가 키 자랑을 하면서 서 있었다. 그 당시 아동 수에 비해 학교 시설이 모자라 공립 국민학교에서는 2부제 교육을 하며 열악한 시설에서 밀집된 교육을 했다. 거기에 비하면 우리 학교는 귀족 학교라고 불리어질 만했다.

나는 그림 그리기를 좋아했다. 크레용이나 크레파스가 귀한 시절이었다. 크레파스는 6색, 12색 등이 있었는데, 한번은 24색의 크레파스를 보고 얼마나 갖고 싶었는지 모른다. 내가 그린 그림은 언제나 배였다. 배 중에서도 군함이었다. 크레파스만 들면 군함을 그렸다. 항상 왼쪽을 향한, 푸른 바다를 헤쳐 나가는 회색 군함의 옆모습을 그렸다. 그림을 그리고 나면 어떤 전쟁에서도 이길 것 같은 군함의 위용에 가슴이 뿌듯했다. 어느 날 담임 선생님이 아이들을 데리고 교무실을 구경시켰다. 그리고 벽에 걸려 있는 그림 여섯 개를 가리키시며 각 학년 대표작이라고 하셨다. 그러고는 나를 불러 세워 내가 그린 1학년 대표 그림이라고 아이들 앞에서 추켜세워 주셨다. 거기에는 예의 군함 그림이 액자에 넣어져 근사하게 전시되어 있었다. 내가 집에서 군함 그림을 그리는 것을 보신 아버지께서 해 주셨던 이야기도 기억이 난다. 일본 해군 대장인 야마시타가, 어릴 때 선생님이 군함을 그리라니까 온통 검은색으로 칠을 했다. 왜 그렇게 그렸냐고 선생님이 물으니, 그는 "밤에 그렸다."라는 대답을 했다는 것이다.

나는 과목들 중에서 산수를 잘했으나 음악과 보건은 싫었다. 보건 시간에는 매트를 깔고 하는 마루 운동, 뜀틀, 철봉 같은 기계체조를 자주 했는데, 나는 운동 신경이 덜 발달되어 선생님이 가르치는 대로 따라 하지 못했다. 뜀틀을 뛸 때는 털썩 뜀틀에 걸터앉았고, 철봉을 할 때는 발로 허공만 찼다. 선생님은 무슨 운동이든 불합격자는 합격할 때까지 시켰는데, 그 시간은 고역이었다.

보건 시간에는 씨름도 했다. 한 반에 남자아이가 절반이었고 그 절반을 두 편으로 나누어 모래밭 가장자리에 키 순서대로 앉혀 놓고 시합을 했다. 키가 작은 아이부터 한 사람씩 나가서 씨름을 했다. 지면 들어오고, 이긴 아이는 진 팀의 다음 아이와 다시 붙고 해서 남은 아이가 없는 팀이 지는 시합이었다. 나는 키가 컸고 힘이 센 편이었기 때문에 배지기를 하면 승률이 높았다. 처음에는 반 내에서 하다가 선생님들끼리 내기가 붙었는지 반 대항 씨름 대회로 발전했다. 우리의 상대 반에는 씨름을 잘하는 남식이란 아이가 있어서, 그 아이가 몇 명을 휩쓸어 버리면 우리 반은 힘도 못 쓰고 졌다. 남식이가 현란한 발 기술로 밭다리, 안다리, 호미걸이를 하면 버티는 아이들이 없었다. 더구나 다른 아이들은 까만 운동 팬츠를 입고 있었는데, 남식이만은 울긋불긋한 팬츠를 입고 설쳤다. 약이 올라 있던 우리 선생님이 어느 날 아이들을 응원하다가, 또 남식이의 화려한 기술에 우리 반 아이들이 추풍낙엽과 같이 쓰러지자 마지막 남은 나의 귀에다 대고 작전 지시를 하셨다. 나는 선생님 말씀은 곧이곧대로 듣는 성질이라 작전 지시를 귀에 담고, 반의 명예를 걸머진 비장한 마음으로 남식이와 맞붙어 샅바를 잡았다. 시작 구령과 함께 샅바에 힘이 들어가자마자 나의 오른손은 번개같이 샅바를 떠나 남식이의 머리 위를 돌아 뒷머리에 대고 눌러 버렸다. 그 순간 남식이는 힘도 못 쓰고 내 무릎 아래의 모래밭에 얼굴을 처박았다. 그 기세로 상대 반의 나머지 아이까지 이겼고 나는 개선장군이 되었다. 철봉과 뜀틀을 못한다고 나에게 미운털을 박았던 선생님이 그 순간 나를 껴안고 미운털을 뽑아 주었다.

나의 1학년 1학기 통지표에는 모든 과목이 '미'였다. '우'도 '양'도 하나도 없었다. 생활 태도는 소극적이나 협력은 잘한다고 씌어 있었다. 그러니까 존재감 없이 부끄러움이 많고 키 크고 마른 아이였다.

1, 2학년의 반장은 덕종이라는 아이가 했는데 그 아이의 아버지가 교수였다. 동대신동2가에 있던 걔네 집에 놀러 간 적이 있었다. 그 집에서 눈에 띄는 것은 마당에 있는 탁구대였다. 탁구를 하며 놀았는데, 탁구를 잘 못해도 재미있었다. 내가 크면 우리 집에도 탁구대를 놔두어야겠다고 생각했는데, 탁구장에서 탁구를 하면 돈을 주고 해야 될 것을 늘 공짜로 할 수 있기 때문이었다. 덕종이네 어머니의 친절한 태도가 우리 집과 사뭇 달라, 어딘지 고상하고 품위 있는 다른 분위기를 느꼈다. 덕종이는 공부를 잘했는데, 남들이 도저히 따라가지 못할 정도였다. 2년 동안 1등과 반장을 놓치지 않았으며 2학년 말경에 서울로 전학을 갔다. 그 뒤로는 소식이 끊어졌는데 어린 나이에도 나는 덕종이를 우러러보았다. 그의 소식이 궁금하던 차에 내가 대학에 와서 우연히 그의 소식을 들었다. 서울대 의대에 진학하여 의사의 길을 걷고 있다고 했다.

점심시간에는 각자 가지고 온 도시락을 펼쳐 놓고 서로의 반찬을 집어먹었다. 가장 인기 있는 것은 소고기 장조림이었다. 그 밖에 미제 햄이나 치즈를 가져오는 아이들도 있었다. 치즈는 떫은 맛과 꼬릿한 냄새 때문에 인기가 없었는데, 나는 그 맛이 좋아 반찬 그릇에 남겨진 치즈를 즐겨 먹었다. 언젠가 어머니가 100환을 주시며 도시락 대신에 찐빵을 사 먹으라고 하셨다. 점심시간에 우리 동네에서 가까운 감미당이라는 곳에 가서 찐빵을 샀다. 그 당시 찐빵의 크기는 한입에 들어가는 크기였는데, 종이같이 얇은 나무 종이로 싸 주었다. 100원에 11개를 주었다. 나는 그것을 사 와서는 반장인 덕종이에게 1개를 주고, 그러다 보니 싸움대장 아이에게도 1개를 진상했는데 내가 왜 그랬는지는 모르겠다. 점심 대신 찐빵을 먹는 것이 부러웠는지 나를 따라 찐빵을 사 먹는 아이들도 생겼는데 그들도 나를 따라 진상을 했다. 덕종이와 성만이의 도시락 뚜껑 위에는 찐빵 수가 늘어 갔다.

국민학교 때에는 공부와 싸움이 서열을 만드는 데 중요한 두 요소였다. 성적은 정확하게 알려지지 않았고 변화가 있었으나, 대체적으로 싸움은 한번 결정이 되면 서열이 고정되었다. 나는 손을 꼽아가며 반 친구들의 이름을 외우면서 서열을 헤아리곤 했다. 서열이 높다고 특별한 권한은 없었으나 단지 서열이 높은 아이는 아래 아이에게 "인마."라고 부를 수 있었고, 서열이 낮으면 그렇게 부를 수 없었다. 그런데 서열상 애매한 경우가 있었다. 보욱이와 창남이는 동대신동2가의 같은 동네 친구였는데 동네 서열상 보욱이가 위였기 때문에 보욱이는 창남이를 "인마."라고 불렀다. 그런데 학교에서 나는 보욱이에게 "인마."라고 불렀고, 창남이는 나를 "인마."라고 불렀다. 우로보로스의 모순은 정리해야 할 숙제였고, 모순의 고리를 끊기 위해서 나는 창남이에게 도전장을 냈다. 내가 창남이를 이기면 고리가 깨어지면서 '나 → 보욱 → 창남'의 질서 있는 선형 구조로 회복되는 것이었다. 나와 창남 둘이서 결투를 하기로 했고, 하굣길 우리 동네 근처 본베이커리 옆길에서 서열 결정전이 벌어졌다. 처음에는 보욱이만 지켜보았는데 차츰 지나가던 아이들이 모였다. 처음에는 아웃복싱을 하다가 몇 번의 헛방 뒤에 서로 엉겨 뒹굴었다. 나는 내가 힘이 세다고 생각했는데 창남이도 생각보다 힘이 셌다. 엎치락뒤치락하다가 주먹을 휘둘렀는데, 창남의 라이트 훅이 내 얼굴을 강타했고 나는 코피가 났다. 나의 TKO 패였다. 먼지를 털고 일어나 집으로 오는데 참담한 심정이었다. 내일 아침 보욱이에게 '인마' 소리를 듣게 되었으니.

국민학교 1, 2학년 때의 나의 모습은 말끝조차 기어들어 가서 자기표현을 제대로 못하는, 학부모는 학교에도 자주 오지 않는, 공부를 중간쯤 하는, 힘도 세지도 약하지도 않은, 존재감 없는 아이였다. 체육도 못하고 노래도 못 불렀지만, 글쓰기와 그림 그리기에는 남달리 소질이 있었다. 글씨도 잘 썼고 글짓기도 잘했다. 국어 시간에 숙제장을 보일 때 글씨 잘 쓴다는 칭찬을 받았고, 글짓기 대회에 당선되어 교지에 오르기도 했다. 그림 그리기도 좋아했는데, 집에서도 도화지에 그림을 곧잘 그렸다. 주로 군함을 그렸다.

색칠하기 그림책에 색칠하는 것도 좋아했다.

3학년으로 올라가면서 이 선생님과 헤어졌고, 이 선생님은 곧바로 서울로 전근 가셨다. 체육을 못해서였는지 사친회 모임 때 어머니의 불참이 많아서였는지, 이 선생님에게 미운털이 박혔다. 선생님은 내가 대학 다닐 때 당시 사립학교인 경복국민학교에서 여전히 교편을 잡고 계셨다. 내가 찾아뵈었을 때 내 이름으로는 기억을 못하시다가, 글씨 잘 쓰던 아이라는 기억을 찾으셨다. 국민학교 때는 신혼이었는데 십수 년의 세월은 그분의 머리에도 서리를 내려 희끗희끗한 중년이 되어 있었다.

우리 학교는 남녀공학이었고, 각 반에 절반씩 남녀가 배치되어 한 책상에 남녀 학생이 짝을 지어 앉았다. 대부분 서로 싸우며 사이가 좋지 않았다. 사내아이들은 사내아이들끼리, 계집아이들은 계집아이들끼리 놀았다. 어린이회를 하면 남녀 아이들끼리 각각 패를 이루어 상대방의 잘못을 꺼내어 말싸움을 했다. 어떤 때는 분을 못 참아 책상 위에 얼굴을 파묻고 우는 계집아이도 있었다.

학교에서는 매년 건강검진을 했다. 나는 내과 검진을 하던 중 X-ray 검사 결과 기관지가 좋지 않아 치료를 받았는데, 그 이후 꽤 오랫동안 받았다.

기생충 검사를 한다고 채변하여 시료를 담뱃갑 포장지인 셀로

판 종이에 싸고, 성냥갑에 넣어 다시 백지로 싸 이름을 써 내는 것은 고통스러운 숙제 중의 하나였다. 그리고 그 결과에 따라 회충약을 주기도 하고, 십이지장충이나 디스토마 감염 같은 경우에는 관련 병원에서 치료를 받았다. 그 시절에는 후진국 질병으로 기생충 감염자가 무척 많았는데 둘 중 한 명은 회충을 배 속에 지니고 있을 정도였다. 그렇게 감염자가 많았던 것은, 우리나라 사람들이 채식을 많이 했고 특히 쌈 같은 날채소를 많이 먹었는데, 그 채소들은 인분을 비료로 해서 농사를 지은 것이기 때문이었다.

치과에도 다녔는데, 학교의 지정 병원은 근처 구덕치과라는 곳이었고 아이들의 치아를 잘 관리해 주었다. 나는 충치가 많아 치료를 많이 받은 단골손님이었다. 치과 가기가 무척 싫었으나 그때 치아 관리를 잘한 덕분에 지금도 치열이 고르고 튼튼한 것 같다.

국민학교 1학년 때의 일이다. 학예회를 하는데 학부형들을 모시고 발표를 하는 것이었다. 내용은 생각나지 않으나 나의 배역은 세 명의 노란 꽃 중의 하나였다. 대사도 간단한 한마디뿐이었다. 선생님이 부모님들께 통신문을 돌려, 나에게는 노란 티셔츠를 사 입히게 부탁하셨다. 덕분에 나는 노란 새 옷을 사 입을 수 있었다. 그런 어느 날 나는 그 노란 옷을 입고 우리 동네에서 꽤 떨어진 낯선 곳—아마 서대신동 대티고개 쪽인 것 같다—에 가게 되었다. 거기서 혼자 있는데 어떤 아저씨가 다가와, 옷을 벗어서 자기에게 맡겨 주면 과자를 사 오겠다고 해서 나는 옷을 벗어 주었다. 기다려도 아저씨는 오지 않았고, 나는 런닝만 입은 채 울면서 집으로 왔다. 나는 끝까지 아저씨의 말을 믿었는데 그 아저씨는 나를 속였던 것이다. 나는 어머니에게 야단을 맞고 새로 노란 티셔츠를 사 입고 노란 꽃으로 연극에 참여했다.

학교에는 큰 강당이 있어서 전교생이 영화를 관람하기도 했다. 어느 날 이웃 공립학교인 동신국민학교에서 영화 관람을 왔다. 그들이 운동장에 도열했는데 그들의 숫자는 우리를 압도했고, 교복이 아닌 사복을 입은 데다 어쩐지 우리와 다른 거친 분위기였다. 우리들은 교실에 들어가 그들이 우리를 쳐다보며 무언가 떠들어대고 주먹질을 하는 것을 조용히 보고만 있었다. 굴러온 돌이 박힌 돌을 뽑은 셈이었다. 우리와 그들 사이에는 큰 강이 있었고 서로가 피안의 대상이었다.

영화 감상뿐만 아니라 음악 시간이면 음악 감상실에서 클래식음악 감상을 하곤 했다. 음악 선생님은 따로 있어서 음악 교육은 그분이 도맡아서 했다. 「숲속의 대장간」, 「다뉴브강의 물결」 같은 곡들을 들었다. 어느 날 음악 시간에는 어떤 음악을 듣게 한 뒤무슨 생각이 떠오르느냐는 문제를 냈다. 사지선다형이었는데 가령 '아침 해가 떠오르는 풍경', '숲속의 산책길', '소나기가 쏟아지는 여름', '시골길' 같은 것이었다. 몇 번의 문제를 나는 전부 틀렸다.

다른 많은 아이들이 정답을 맞힌 것을 보고 나는 이해할 수 없었고, 부럽기도 했다. 그것이 나도 모르게 열등감으로 잠재의식에 남아 있었던 듯, 아버지가 전축을 사들였을 때 함께 사 오신 클래식 판을 억지로 듣곤 했다. 그 습관이 대학 시절 종로2가에 있던 르네상스음악실에도 자주 가게 했다.

3학년으로 올라가면서 담임 선생님이 바뀌었는데, 4학년 때 또다시 선생님이 바뀌었다. 새로 오신 천 선생님은 무슨 이유에서인지 나를 귀여워해 주셨다. 천 선생님 아래에서 처음으로 공직을 얻었다. 반장, 부반장은 선거로 뽑았으나 분단장은 선생님이 임명했는데, 선생님은 나를 분단장에 임명했다. 분단장은 그 분단의 숙제 걷기, 줄 맞추기 외에 특별히 하는 일은 없었다. 4학년 2학기 때에는 나를 어린이회 서기로 임명하셨다. 회의의 의장은 반장이 했는데, 진행 업무의 반 이상을 서기가 했다. 나는 자연히 말하는 횟수가 늘었고 나의 어깨에도 힘이 들어갔다.

4학년이 되자 계집아이들이 예쁘게 보이기 시작했다. 전교에서 가장 인기 있었던 소연이란 계집아이가 있었는데, 노는 시간이면 개구쟁이들이 가만 놓아두지 않았다. '강아지소똥영점'이란 별명을 부르는 것은 예사고, 뒤에서 치마를 걷어 올리기도 하고, 고무줄놀이를 하면 고무줄을 끊고 달아나기도 했다. 나는 소연이가 불쌍해서 도와주고 싶었으나 나에게는 그녀를 지킬 용기도 힘도 명분도 없었다. 그녀가 성장한 후 내가 대학생이 되었을 때 종로서적센터 앞에서 우연히 만났다. 그녀는 고등학교 때 아버지를 여의고 가세가 기울어 대학 진학을 포기하고 직장 생활을 하고 있었다. 살이 찌기 시작하여 옛날의 미모는 많이 줄어들었으나 리즈 테일러를 닮은 얼굴과 생글거리는 마릴린 먼로 미소는 그대로 남아 있었다.

친한 친구 중에 철진이가 있었다. 키가 커서 나와 같은 책상에 앉았다. 철진이의 집이 우리 집과 10분 거리에 있어서 개 집에도 자주 놀러갔는데, 철진이 어머니가 약국을 하는 약사셨다. 약국이 가정집과 연결이 되어 있어서 약국과 집을 돌아다니며 놀았다. 한 번은 철진이와 이야기 중에, 개 아버지와 어머니가 싸우면 철진이와 남동생이 빗자루를 들고 어머니 편을 들어 아버지는 쫓겨난다는 말을 들었다. 나는 그 상황이 도저히 이해가 되지 않았다. 우리 집은 아버지의 권위가 절대적이어서 어머니가 싸울 상대가 되지 않았고, 내가 아버지에게 덤벼든다는 것은 상상도 할 수 없었기 때문이었다.

철진이는 요즘 아이돌을 닮은 얼굴을 가지고 있었다. 그 당시에 나는 이성에 관심이 없어서 상황 파악을 못 했지만, 5, 6학년 때 키 큰 계집아이들이 몸집도 커지고 정신적으로 조숙하기 시작했을 때 개들 사이에 철진이의 인기가 대단했으며, 연애편지가 전달되는 중 배달 사고가 나서 편지 보낸 애가 울었다는 둥 하는 소문을 듣기도 했다.

3
식생활

그 시절은 모두가 참 가난하던 시절이었다. 부산서는 몰랐지만 농촌에서는 보릿고개 때가 되면 굶는 사람들이 많다고 들었다. 우리 동네 근처에 동산리, 북산리—행정 구역은 아니었고 관습 지명 같다—라고 불리는 산비탈 마을이 있었는데 끼니때가 되면 그 동네 사람들이 밥을 얻으러 내려 왔다. 음식을 담아 가는 식기는 구제품 4L들이 분유 깡통이었는데, 그 대신 박으로 만든 바가지를 사용하기도 했고, 한 용기에 밥과 반찬을 같이 받았다. 간혹 각설이가 와서 대문 앞에서 각설이타령을 하기도 했다.

한번은 골목 친구 상태가, 결혼한 작은형이 집에 인사 오면서 선물로 갖다 주었다며 바나나 한 개를 들고 나왔다. 바나나! 만화책에서만 보고 꿈에만 보았던 그 바나나. 저걸 눈앞에서 먹고 있다니. 아이들이 우루루 몰려들었다. 상태는 껍질을 조금 벗기고 무언중에 으스대면서 아이스크림 먹듯이 1g 정도씩 먹었다. 주위 아이들은 모두 선망의 눈빛과 함께 "맛이 어떻노?" 하면서 혹시나 눈곱만큼이라도 맛보게 해 줄까 하며 마른 침만 삼키고 있었다.

그때 동네 주야 누나가 나타났다. 조금 맛만 보자며 상태를 구슬려 바나나를 손에 쥐었다. 그 누나는 입 속에 넣자 목구멍까지 집어넣고 반쪽이나 잘라 먹었다. 상태는 울고 야단이 났는데, 주야 누나는 자기는 조금밖에 안 먹었는데 왜 우느냐고 능쳤다.

그 시절 먹거리에 대해서 한마디 보태지 않을 수 없다. 그때는 모든 물자가 부족하던 시대였고 우리들은 한창 자랄 때라 돌아서면 배고플 때였으니까, 부족한 공급과 넘치는 식욕은 극심한 불균형 상태였다. 매일 먹는 밥은 거의 같은 메뉴의 반복이다시피 했다. 보리밥에 시락국(시래기나 우거지 된장국), 김치가 기본이었고 생선구이나 조림, 밑반찬 등이었다. 육류는 거의 없었고 생선이 빠지면 '그린 필드'였다. 밥그릇은 요즘 공기의 두 배 정도로 컸다. 여름에는 국수를 자주 먹었고 수제비, 김치 국밥도 물릴 만큼 먹었다. 바닷가 도시라 생선이 풍부했는데 고등어, 전갱이(아지), 갈치, 삼마(꽁치), 명태 등은 거의 매일 먹었다. 복지(복어)도 어머니가 손질해서 먹었는데, 복어 조리사 자격증이 없어도 아무 탈 없이 먹었고, 겨울철에 잡히는 대구는 어린아이 키만 한 것을 담벼락 그늘에 말려 뜯어 먹은 적도 있었다.

동네에 손바닥만 한 점빵이 둘 있었다. 지금 기준으로 하면 거의 모든 과자가 불량 식품이었을 것이다. 그중 가장 많이 팔렸던 것은 눈깔사탕이었다. 설탕을 동지 팥죽의 새알 크기만큼 뭉쳐 만들고 백설탕으로 겉을 입힌 설탕 덩어리였지만, 그 맛을 아껴 깨먹지 않고 녹여 먹었다. 10환에 다섯 알 정도였던 것 같다. 화폐단위 '환'은 5·16 군사혁명 후 화폐개혁으로 10 대 1로 절하할 때까지 썼는데, 어머니가 하루 용돈으로 주는 돈이 10환이었다. 10환은 아이들이 사용하는 용돈의 기본이었지만 그것마저 못 쓰는 아이들도 많았다. 1환, 5환짜리 지폐도 있었으나 인플레가 되자 차츰 사라졌다. 1환짜리 과자들도 많았다. 주황색 조그만 바가지 모양의 것, 아주 얇은 밀가루 원반 모양의 것들이 있었다. 10환을 주고 각종의 1환짜리 과자를 골라 사서 소꿉놀이의 음식으로 사용하기도 했다.

'또뽑기'라는 것도 있었다. 캐러멜 같은 것을 밀랍 종이로 싸 둔 것인데 그 속에 'ㅇ' 표시가 된 종잇조각이 있는 것도 있고, 없는 것도 있었다. ㅇ 표시가 된 것을 뽑으면 다시 한번 더 뽑을 수 있는 기회를 주는 것이었다. 요행이란, 아이들에게도 유혹하는 방법으로 사용되었던 것이다. 나는 또뽑기를 하기 위해서 빵구쟁이 할매집으로 갔다. 어떤 아이가 이미 또뽑기를 하고 있었다. 내가 어깨너머로 그 아이가 하는 것을 보고 있었는데, 그 아이는 계속해서 또 뽑는 것이었다. 할매에게 "할매요, 맞지예." 하면서 ㅇ 표시를 보이고 있었다. 내가 보니까 밀랍 종이 안쪽의 ㅇ 표시가 잘못 넣어져 겉으로 보이고 있었다. 10환을 내고 예닐곱 개의 과자를 두 손으로 들고 가는 아이의 다음 차례는 나였기에, 대박의 기대

감으로 10환을 내고 또뽑기에 손을 댔다. 그런데 웬걸 아무리 뒤져도 ○ 표시가 된 뽑기는 없었다. 그 아이가 이미 다 뽑아 가 버린 것이었다.

그 밖에 완전 자연식의 군것질 거리도 있었다. 봄철에 띠풀이 싹을 올리면 겉껍질을 벗겨 솜같이 생긴 새싹을 먹었는데, 그것을 필기라고 했고 묶음으로 팔았다. 그 외에도 미역 줄기, 도깨비 얼굴 모양의 물밤, 망치로 꼬리를 깨고 입으로 쪽 빨아 먹던 다슬기, 옷핀으로 찔러 뽑아 먹던 바다 고둥, 보리밥나무의 미지근한 단맛이 나는 붉은 열매 등이 있었다. 그 시절이 지난 뒤에는 번데기도 팔았고 간또(어묵)도 팔았다. 10환이면 간또 한 꼬치를 먹을 수 있었는데, 따라다니던 아이들은 맛있게 먹는 것만 부럽게 쳐다보다가 양은컵으로 간또 국물을 서너 잔씩 얻어 마셨다. '국물도 없다.'라는 말이 여기서 유래했는지 모르겠지만, 간또를 사 먹는 아이의 눈치를 보며 국물을 마셨다. 길가에서 좌판을 펴고 파는 멍게, 해삼도 중요한 먹거리였다. 쪼그리고 앉아 굵은 철사를 갈아서 만든 조악한 대용 포크로 초고추장에 맛있게 찍어 먹었다. 젖꼭지 같은 멍게 주둥이 속살도 남기지 않고 빨아 먹었다. 그때 멍게는 요즘 양식 멍게와 달리 감치는 맛이 강했고 그것이 MSG의 본맛이었다.

그 밖에 집에서 간식으로는 철 따라 고구마, 감자, 옥수수, 수박, 참외, 토마토, 사과, 감 등을 먹었다. 고구마나 감자는 김치를 얹어 대용식으로 먹기도 했다. 외식은 가물에 콩 나듯이 하였으나 짜장면은 최고의 인기 메뉴였고 탕수육은 천국에서 먹는 음식 같았다. 딱 한 번 가 본 옥생관(부평동에 있었던 유명한 중국 음식점)은 천국이었다. 동네를 순회하던 엿장수의 가위 소리, 대나무 바퀴를 돌리며 또르륵또르륵 소리를 내는 생강엿 장수, 앞뒤 달린 통을 어깨에 메고 다니던 망개떡 장수, 새알 같은 떡을 꼬치에 꿰어 콩고물을 발라 주던 당고 장수, 그들이 동네에 들어서면 아이들은 자석에 달라붙는 금속편같이 우루루 달라붙었다. 장수가 움직이는 대로 따라다녔는데, 정작 돈을 내고 사는 아이는 드물었다. 그런 아이가 있으면 우루루 그 친구를 에워쌌는데, 조금이라도 나누어 줄까 해서였다. 그리고 겨울밤이면 야경꾼의 딱딱이 소리 사이로 들려오던 "찹싸알떠억, 메미일무욱." 하던 소리도 추억 속에 정겹게 남아 있다.

4

잊지 못할 음식

　물자도 부족했고 먹을 것도 단순했던 시절이었지만 지금은 맛볼 수 없는 것들도 있었다. 그때는 동네마다 물건을 가지고 다니며 파는 행상들이 많았다. 그런 상행위의 시작이 보부상이었는지 박물상이었는지는 모르겠으나 동동구리무도 그랬고 엿장수도 그랬다. 그중에는 아침나절이나 저녁나절에 식자재를 공급하는 사람들이 있었는데 민물장어, 재첩국, 고래 고기 등을 파는 사람들이었다.

　민물장어는 할아버지의 단골 메뉴였다. 아침나절에 "가물치나 꾸무장어 사—소—" 하며 지나가는 아주머니를 어머니가 부르면, 집으로 들어와 즉석 가공을 했다. 그 아주머니는 다라이를 이고 다녔는데, 내려놓은 다라이에서 그물을 걷으면 가물치와 민물장어가 몇 마리씩 꿈틀대며 들어 있었다. 그 당시에는 양식이 없었기 때문에 전부가 자연산이었는데, 색깔도 지금과 같이 새까맣지가 않고 누런빛이 섞여 있었다. 지금 장어들이 어른 엄지손가락 굵기라면 그때의 장어는 아이들 팔뚝만 했다. 내가 그 옆에 쪼그리고 앉아서 보고 있으면 아주머니 솜씨는 장인의 솜씨 같았다. 먼저 수건 같은 것으로 미끄러운 장어를 왼손으로 콱 움켜쥐고, 도마에 튀어나온 못에다 장어의 머리를 대고 칼등으로 처박는다. 장어의 배를 따라 칼로 주욱 갈라서 내장을 훑어 내고 다시 칼로 뼈를 죽 훑어 낸 뒤, 그래도 꿈틀거리고 있는 장어를 토막 내어 어머니에게 넘겼다. 못에 박힌 채 남아 있는 대가리는 살아서 꿈틀거리고 있었다. 어머니는 풍로를 피워 놓고 장어 토막을 고추장에 담궜다 낸 것을 석쇠에 올려놓았다. 연기는 눈에 따가웠지만 지글거리며 타는 냄새는 목구멍에서 침 넘어가는 소리를 내게 했다.

그 민물장어는 곰탕으로도 만들어졌는데, 불을 지핀 가마솥에 기름을 두르고 산 장어를 넣으면 얼마나 힘이 센지 우당탕거리며 몸부림치는 것이 무쇠 뚜껑을 들썩일 정도였다. 잠잠해진 뒤 물을 붓고 끓이다가 뼈만 추려 걸러 내면 살은 풀어져 장어곰탕이 되는데, 기름이 동동 뜨는 뽀얀 국물은 병후 회복에는 직효였고 맛도 구수했다. 지금은 시장에서는 자연산 장어를 눈을 씻고 봐도 구할 수 없고 강 어부들에게 입도선매해야 한다고 하니, 그 시절이 그리울 수밖에 없다.

아침나절 자주 다니던 행상 중에는 재첩국 장수를 빼놓을 수 없다. 아주머니들이 머리 위에 재첩국을 담은 물동이를 이고 돌아다니며 "재칫국 사—소—" 하고 외치고 다녔다. 아주머니들이 물동이 속 재첩국을 바가지로 휘휘 돌려 퍼 올리면 안갯빛 국물에 엄지손톱만 한 재첩 속살이 입맛을 돋우었다. 그 시절 낙동강 하구의 강바닥을 긁으면 모래같이 퍼 올리던 재첩들이 산업화의 물결에 수질 오염으로 줄어들더니, 하구언 공사로 바닷물이 막혀 완전히 멸종이 되고 말았다. 그 맛을 잊을 수 없어 섬진강 변 하동의 재첩국 맛집 골목으로 가 보았더니 엄지손톱만 하던 재첩 살이 새끼손톱만 하게 작아졌다. 또한 저녁녘 이내같이 뿌옇던 국물이 희멀겋게 농도가 옅어져, 동동 띄운 부추잎으로 눈가림하는 것 같아 세월의 무상함에 향수만 하염없이 일어났다.

저녁나절이면 "고래 개기 사—소—" 하면서 쉰 목소리로 고래 고기를 팔러 다니는 아저씨도 있었다. 그 아저씨가 파는 고래 고기는 지금 요릿집에서 나오는 부위가 아니라 순 살코기였는데, 소고기보다 더 붉었다. 어머니는 그것을 김치찌개같이 해 주셨는데 돼지고기의 순 살코기 같은 맛이었다. 돼지고기보다 더 자주 먹었던 것 같다.

또한 잊지 못할 음식 중에는 소 내장 곰탕이 있었다. 그 식재료는 정육점에서 나오는 소의 부속 고기였다. 소의 내장으로 허파, 천엽, 곱창, 대창, 유통, 도가니, 사골 등을 한 바케스(양동이)로 사 왔다. 그것을 가마솥에서 물과 함께 지긋하게 고아서 만들었다. 둥둥 뜨는 기름을 걷어 내고 흐물흐물한 건더기와 함께 먹는 뽀얀 국물은 진국이었다. 지금은 이름난 설렁탕, 곰탕집을 돌아다녀 봐도 맛볼 수 없는 맛이었다.

물자 부족 시대

그 시절은 물자 부족 시대였다. 지독하게 빈곤했다. 먹는 것도 입는 것도 거주하는 곳도 모자랐고 또 모자랐다. 오죽하면 '양잿물도 공짜라면 마신다.'라는 말이 입에 오르내렸을까. 살기 위해서는 어떤 종류든 어떤 상태든 소유가 우선이었다. 지금은 쓰레기 취급할 것을 그 당시엔 집에 꼭꼭 쌓아 두었다. 할머니도 종이 포장지, 헝겊데기, 빈 병 할 것 없이 어느 구석에든 모아 두었다. 할아버지는 한번 쓴 못도, 녹이 슬어 새빨개진 못도, 구부러진 못도 빈 깡통에 모아 두었다. 못이 필요하면 같은 종류의 못을 찾아서 망치로 바르게 펴서 사용했다. 해진 옷, 해진 양말은 어머니가 늘 꿰매서 우리를 입히고 신기었다.

대부분의 집에는 욕실이 없었기 때문에 한 달에 한 번 가는 공중목욕탕에서 피부가 빨개지도록 때를 밀었다. 국민학교 때에도 어머니를 따라 여탕에 가다가, 여탕 고객이 어머니에게 항의를 하고 나서는 아버지를 따라 남탕에 다녔다. 목욕탕은 늘 바글거렸으며 명절을 앞두고는 자리 잡기도 힘들었다. 탕 내에서 때가 수면으로 허옇게 올라오면 목욕탕 관리자가 잠자리채 같은 것으로 걸어 냈다. 제일 싫었던 것은 아버지가 때를 밀어 줄 때였다. 얼마나 아팠는지 눈을 감고 몸을 비틀고 비명을 질렀다. 그리고 나서 아버지가 몸을 씻는 시간은 자유 시간이었다. 같은 또래들과 금방 친해져서 물장난을 하다가 야단을 맞곤 했다. 목욕탕을 나올 때는 날 듯이 개운했다. 나오다 보면 목욕탕에서 나오는 물이 흐르는 하수구에는 동네 아주머니들이 몰려들어 빨래들을 했다. 우물물은 경수라서 거품이 잘 나지 않았는데 목욕탕에서 나오는 물은 수돗물에 비누까지 섞여 있을 뿐만 아니라 온수이기도 해서 빨랫물로는 최고였다. 그러나 생활하수가 섞이는 하수구였던 게 딱 하나의 결점이기도 했다.

물자 부족 시대에는 꽃들도 귀했다. 산으로 놀러 다녔고 나무와 풀들은 기억에 남아 있지만 꽃은 보기 힘들었다. 기억에 생생히 남아 있는 것은 우리 윗동네 방앗간 맞은편 축대 견칫돌 틈새에 핀 개나리였다. 가지도 서너 개밖에 되지 않았지만 개나리꽃이 필 때면 흑백 모노크롬의 삭막한 세상에 노란 다이아몬드가 반짝이는 것 같았다. 그 길을 지나가는 사람들은 다들 말은 없었지만 개나리를 보고 밝은 표정을 지었을 것이다. 축대 윗집에 살던 사람은 그것이 자기 것인 양 행세했던 것 같다. 손을 대지 못하게는 할 수 있었지만, 보지 못하게는 할 수 없었다. 그러던 어느 날 만개한 개나리가 깜쪽같이 사라지고 말았다. 누군가 축대를 아슬하게 기어올라가 꺾어 훔쳐 간 것이다. 헌화가를 부를 만한 처지가 아니었으면 그 꽃을 그 자리에 그대로 놓아두었으면 좋았으련만, 무슨 급한 마음에 여러 사람들에게서 봄을 빼앗았을까. 좋은 것이 있으면 내가 소유하고 나만 즐겨야 한다는 것이 그 당시의 사람들의 일반적인 마음가짐이었던 것 같다. 지금도 봄철이면 차를 타고 가다가 개나리가 흐드러지게 핀 도로변을 보고는 가난하던 그 시절의 목마름이 애처롭게 생각나 목을 마르게 한다.

독서

　나는 어릴 때부터 책 읽기를 좋아했는데, 교과서 외에 읽었던 책은 국민학교 1학년 때의 일본 만화가 처음이 아닌가 한다. 교실의 창문 밑에 나지막이 선반이 있었고 거기에 일본 만화들이 있었다. 그 만화는 같은 반 친구의 아버지가 기증한 것이었는데 아마 무역 관련 업무를 하셨던 듯하다. 책 크기도 컸던 것 같고 표지는 멋있게 칼라로 돼 있었다. 한 가지 단점은 내용에 일본 글로 씌어져 있었다는 것이다. 그래도 만화란 게 그림으로 이해가 되기 때문에 나는 방과 후에 그 만화책에 빠져 혼자 교실에 남아서 보았다. 한 만화는 아톰이 나오는 시리즈였고 또 다른 것은 태평양전쟁을 동화화해서 일본의 소년 비행사가 미국의 비행기를 격파하는 것이었다. 일본이 미국을 이기는 것이 못마땅했으나 나는 만화 속에 빠져들었다. 그러던 어느 날 반에서 생일 파티를 하는데—당시 한 달에 한 번 당월 생일자를 모아 놓고 방과 후 파티를 했다—동그란 케이크를 가운데 놓고 하는 것이었다. 케이크는 알고는 있었지만 실물은 처음 보는 것이었다. 나의 상상은 '얼마나 맛있을까'에 집중하여 만화책의 그림이 보이지 않았다. 그때 친구들이 내가 남아 있는 것을 보고 "이리 와서 같이 먹자."라고 했다. 나는 반사적으로 괜찮다고 했다. 아이들이 몇 번이나 불렀는데, 나는 내 목구멍으로 침이 연신 넘어가는 데도 그들의 호의를 사양했다. 결국은 그 맛을 보지 못하고 걸어 나오면서 얼마나 후회했는지. 이것도 집에 가서 이불을 덮어쓰고 발로 찰 일이었다.

내가 만화에 빠진 후 그 열애가 국민학교, 중학교 더는 고등학교 1학년 때까지 계속됐다. 만화방은 매일 방문하는 고정 코스가 되었는데, 『세모돌이 네모돌이』, 『칠성이와 깨막이』, 『정의의 사자 라이파이』, 『철인 28호』 등의 명작을 두루 거치며 나의 상상력을 키워 갔다. 고등학교 때는 코흘리개들 사이에서 쭈그리고 앉아 만화를 보고 있었는데, 만화방 주인이 보기에 안쓰러웠는지 나에게 간식도 주면서 특별 대우를 해 주었다.

국민학교 3학년 때 아버지가 여름방학을 맞이해서 나에게 학원사에서 나온 50권짜리 위인전 시리즈를 사 주셨다. 나는 처음에는 좋아서 받았는데 다섯 권을 채 못 읽어서 내용이 차츰 재미가 없어졌다. 꾀가 났지만 그래도 계속 읽었다. 애당초 목표처럼 방학 기간 동안에 끝내지는 못했지만, 계속 읽어 50권을 다 읽었다. 첫 권은 『풀타크 영웅전』으로 시작했고, 링컨, 나이팅게일, 에디슨, 뉴

톤 등이 생각난다.

그즈음 아버지가 과학에 관련된 책을 보라고 주셨는데 성인용의 아트용지의 묵직한 책이었다. 그 책에는 사진들이 많이 들어 있었고, 나의 흥미를 끄는 내용들로 가득 차 있었다. 이 세상에서 제일 큰 배는 영국의 퀸에리자베스호이고, 제일 빠른 기차는 미국의 서풍호이며, 최초의 인공위성은 소련의 스푸트니크호이고, 미국의 뱅가드호는 발사 시 폭발해 버렸다는 것들이었는데, 모두가 흑백사진이 첨부되어 있었다. 그리고 최초의 생물체를 실은 인공위성은 소련의 것이었으며, 그곳에 라이카란 개를 실어 보냈는데 불행히도 돌아올 때는 죽어 있었다란 내용을 읽었다. 나는 그 개를 불쌍히 여기다가 그 후 우리 집에서 개를 기르게 되자 이름을 라이카라고 지었다. 그 책을 가방에 넣고 학교에 가져간 일이 있었는데 아이들에게 인기 만점이었다. 아이들이 내 책상 주위에 몰려들어 그 책을 보려고 난리였다. 나는 거기서 '퀸에리자베스호'와 '퀸메리호'의 차이를 설명해 주었던 기억이 난다.

중·고등학교 시절에는 만화 외에는 독서열이 식었다.

운동회

새파란 하늘, 그 하늘을 배경으로 펄럭이는 만국기, 조지아 행진곡과 레스피기 행진곡은 심장의 박동을 힘차게 추동했다. 만국기 아래로 늘어서 있는 하얀 천막군. 그 안팎으로 평시보다 부지런히 움직이는 군상들. 평온을 멀리하고 무언가 만들어 보려는, 아니면 폭발시켜 버리려는 에너지가 충만한 운동장. 하얀 횟가루로 룰의 경계선을 그어 놓은 트랙. 그 안에는 승부의 진정한 결판을 준비 중인 필드. 터질 듯한 풍선의 팽팽한 긴장감과 왠지 모를 승리를 기대하는 즐거움이 빽빽이 쌓여 있었다.

부속국민학교 가을의 절정은 운동회였다. 봄철에 야외로 소풍을 간다면 가을에는 교내 운동장에서 운동회가 열렸다. 운동회는 큰 잔치였다. 전교생이 모두 참가했을 뿐만 아니라 응원단으로 가족들까지 동원되었다. 소풍 가듯이 그들은 점심과 간식을 싸 왔다. 하루 종일 천막 아래서 여흥에 젖었다. 전교생은 모두가 선수가 되어 청군, 백군으로 나뉘었다. 복장은 상의는 하얀 티셔츠, 하의는 운동용 검은 팬츠인데 여자아이들은 고무줄로 허벅지를 조인 팬츠를 입었다. 남자아이들은 청군은 청색 모자를, 백군은 백색 모자를 썼고 여자아이들은 청색 백색의 띠를 맸다. 학급별로 나뉜 천막이 트랙 바깥쪽으로 주욱 둘러쳐져 있었는데 천막별로 한 학급의 응원단이 모여 있었다. 거기서 선수들은 대기하고 간식을 먹고 "청군 이겨라!" "백군 이겨라!" 하고 고함을 지르며 응원을 했다.

트랙 경기는 달리기였다. 출발점은 전부 여섯 칸으로 되어 여섯 명이 달리게 되어 있었다. 거기서 전교생이 개인 자격으로 출전했다. 한 번에 여섯 명씩 달려 1등부터 6등까지 등수를 가렸다. 1등부터 3등까지는 연필 한 자루나 얇은 공책 같은 조그만 상품을 주었다. 전교생의 달리기가 끝나면 릴레이 단체전이 있었다. 거기서는 청군 백군이 나뉘어 달렸다. 릴레이는 필드에서의 마지막 경기인 기마전과 함께 가장 큰 점수가 주어졌다.

필드에서는 반별로 준비한 청백 단체전이 벌어졌는데 공 굴리기, 바구니 터뜨리기, 삼각 달리기, 오뚜기 쓰러뜨리기 등 여러 가지 경기를 학급 단위로 벌였다. 필드 경기의 백미는 6학년 남자아이들이 벌이는 기마전이었다. 세 사람이 말이 되고, 기수 한 명이 말을 타 상대방 기수의 모자 벗기기로 승부를 결정했다. 모자를 빼앗긴 말은 해체해야 한다. 양 팀에는 한 명의 왕이 있는데 왕의 왕관을 빼앗으면 팀의 승부가 결정 났다.

기마전이 끝나면 모든 경기는 끝이 나고 청군과 백군이 얻은 점수를 집계하여 승부를 발표했다. 그리고 전교생이 모여 시상식과 교장 선생님의 훈시로 운동회는 끝났다.

여기서 첨언해야 할 것이 있는데, 아무도 모르는 나만의 도전과 실패의 6년간의 기록이다. 매년 누구에게나 한 번의 기회이자 동시에 실망이 도사리고 있던 여섯 명의 달리기. 나는 여섯 번의 4등을 해서 한 번도 연필 한 자루 상을 타지 못했으니 그것도 별난 기록이라 할 수 있을 것이다. 굳이 패자의 변명을 늘어놓는다면 다음과 같다.

100m 코스의 스타트 라인부터 50m는 곡선 코스이고 나머지 결승점까지는 직선 코스로 되어 있었다. 곡선 코스에서의 달리기 규칙은 추월할 때는 바깥쪽으로 달려야 한다는 것이었다. 그러나 다른 주자들의 욕심은 그것이 아니어서 나의 안쪽 코스로 앞질러 나갔고, 내가 추월할 때는 룰대로 바깥쪽으로 달렸다. 매번 안쪽으로 달리는 아이에게 추월을 당했고 나는 바깥쪽으로 달려서 추월하지 못했다. 그러나 그런 부정행위를 시정할 분위기가 아니었다. 해마다 반복되던 4등 행렬로 가을마다 열리던, 누구에게나 즐거운 운동회가 나에게는 우울한 운동회가 되었다.

스포츠

　동네 아이들하고는 정식 스포츠라고 해야 야구밖에 없었다. 동네에 넓은 터가 없었고 그런 경기를 할 만한 사람 수도 되지 않았기 때문이었다. 야구라고 해도 길가에서 주고받는 캐치볼 정도였다. 그러나 장비를 갖추고 하는 것이어서 맨몸으로 하는 것보다 멋이 있어서인지 더 재미있었다. 장비라고 하는 것도 볼품없는 것이어서 야구공, 글러브, 배트가 다였는데, 아랫동네 윗동네 합쳐봐야 글러브가 아홉 개나 모자라서 외야수는 맨손으로 공을 받아야 했다. 배트는 아이들에게 힘에 부치는 성인용 배트를 써야 했는데, 그나마도 두 개 중 하나는 좀 작은 것이긴 했으나 목 부위가 부러져 못을 박아 놓은 것이어서 배트를 고를 때 고민을 해야 했다. 야구공의 종류에는 홍큐(本球, 경식구를 뜻하는 일본어), 중큐(準球, 준경식구), 낭큐(軟球, 연식구)가 있었고 우리가 쓰던 것은 낭큐였다. 선수들이 세게 치면 깨어지는 고무공이었다. 나에게는 아버지가 사 주신 어린이용 글러브가 있었는데, 크기도 작고 가죽 안의 충진제가 솜이었는지 이리저리 뭉쳐서 돌아다녔다. 그래도 야구 할 때마다 들고 나갔고, 주위에서 글러브를 길들이려면 글러브에 공을 끼우고 이불 속에 넣어 두어야 한다고 해서 그렇게 했다. 포수는 프로텍터는 없이 마스크만 쓰고 앉아서 투수의 공을 받았는데, 그 마스크는 성인용이라 무겁고 헐거웠다. 시합을 할 때는 서커스 마당이나 부속국민학교 교정을 이용했는데, 5회를 넘기지 못했고 점수는 두 자릿수가 나오는 적이 많았다. 키가 커서 나의 포지션은 퍼스트였다. 게임 내용은 부실했지만 경기에 임하는 선수들의 열정은 뜨거웠다.

우리 주위에서는 야구가 대세였고, 야구에는 여러 가지 기구가 쓰여 불편한데도 불구하고 축구나 농구는 하지 않았다.

공식적인 구기는 아니었지만 국민학교 시절 점심시간이면 자주 하던 놀이에 '찜뽕'이 있었다. 룰은 야구와 비슷했으며, 공은 정구공 같은 말랑말랑한 고무공이었다. 그 공을 맨 주먹으로 치고 맨손으로 받았다. 그리고 공격수는 베이스 터치나 던진 공에 맞으면 아웃이 되었다. 우리 반에는 임종수라는 스타플레이어가 있었는데, 그 친구의 펀치력은 비교할 자가 없을 정도로 뛰어나서 주먹으로 쳤다 하면 외야를 넘기는 홈런이었다. 그래서 그 친구가 어느 편에 들어가느냐가 승부의 가늠자가 되었다. 어느 날 한 경기에서 마지막 이닝의 마지막 선수로 그 친구가 나왔을 때, 러너도 있고 해서 한 방이면 우리 팀이 이기고 끝날 수 있는 역전의 찬스였다. 우리는 역전을 믿고 있었다. 하지만 종수의 공이 잘못 맞아 붕 떠서 수비수의 손에 들어가 아웃이 돼 버렸고, 그 친구는 원망의 화살을 한 몸에 맞았다.

병아리

학교를 파하고 용석이와 학교 뒷마당으로 갔다. 그곳은 학교 후문으로 통하게 돼 있는 곳으로, 사람들의 통행이 드물고 학교 소사 할아버지가 학습 보조용으로 몇 종의 가축을 기르고 있었다. 마침 마당에서 병아리를 풀어 놓고 모이를 주고 있었는데, 우리는 병아리의 귀여운 모습에 눈길을 못 떼고 있었다. 소사 할아버지가 잠시 자리를 비운 틈에 용석이가 한 마리를 잡아 품속에 넣었다. 그리고 밖으로 나갔는데 나는 용석이를 따라가서 병아리를 가지고 놀았다. 용석이가 싫증이 났는지 병아리를 나보고 가져가라면서 주고 가 버렸다.

나는 병아리를 품에 안고 조심스럽게 집으로 가져 와서 할머니에게 보였다. 할머니는 한 마리 외톨박이 병아리에게 모이를 주며 기르셨다. 병아리는 날로 컸고 나에게는 병아리를 보는 것이 하루의 즐거운 시간이 되었다. 병아리가 좀 자라 솜털 대신에 깃털이 나고, 머리에는 벼슬이 나기 시작하자 병아리의 귀여운 모습이 없어졌다. 할머니는 텃밭에 울타리를 치고 키웠는데 잘 자라서 어느

덧 큰 암탉이 되었다. 할머니는 큰 소쿠리를 처마 밑에 매달아 둥우리를 만들어 주었다. 암탉이 그곳에 올라가 "꼬꼬댁" 하며 뛰쳐나오면 달걀이 하나 생기는 것이 너무 신기했다. 그 달걀을 반찬거리로 먹다가 할머니가 시장에서 수정란을 열 개쯤 사서 둥우리에 넣어 주셨다. 나는 그때 할머니에게서 수정란만 병아리가 된다는 말을 들었다. 암탉이 낳는 달걀은 우리가 먹고 암탉은 수정란을 품었는데, 희한하게도 어느 날 병아리가 부화되어 나왔다. 나는 그것이 너무 신기하고 재미있었다. 둥우리 안을 보니 이미 깨어나온 병아리도 있고 알을 깨고 나오는 중인 병아리도 있었다. 병아리가 알에 조금 구멍을 내자 암탉이 쪼아 주는 것도 관찰할 수 있었다. 닭 가족이 여럿으로 늘었다. 매일 모이를 주며 병아리들과 놀았다. 모이를 너무 많이 먹은 병아리는 목이 툭 튀어나왔는데 나는 혹시 병아리가 병이 걸린 것이 아닌가 걱정했다. 할머니가 괜찮다고 해서 걱정을 덜었다.

할머니가 텃밭에 닭장을 만드셨다. 어미 닭과 병아리들을 풀어키웠다. 병아리들이 중닭이 되자 할머니는 다시 시장에서 수정란을 사 오셨고, 암탉이 알을 품어 다시 병아리들이 부화되었다. 닭식구가 20마리 정도로 늘었다. 집에서 키우던 개가 닭장으로 가서병아리들을 해치려 했다. 암탉이 깃을 세우고 개에게 달려드니 개가 꼬리를 감추고 돌아서는 것을 보고, 나는 닭도 모성애가 대단하다는 것을 알았다. 그 암탉이 세 번째 병아리를 깐 후 닭 식구가 많아졌을 때 탈이 생기기 시작했다. 족제비 같은 짐승들이 닭을 채 가는 일이 생겨서 닭장을 보완하기도 했다. 달걀뿐만 아니라 육계도 얻게 되어 아버지가 좋아하시는 닭백숙도 자주 해 먹었다. 그러던 어느 날 한두 마리 닭들이 시름시름 쓰러졌다. 그 닭들을 치웠지만 순식간에 나머지 닭 전부가 돌림병에 쓰러졌다. 닭장에는 닭들이 사라졌고 울타리도 걷어졌다. 할머니가 채소 씨를 뿌릴 때까지 빈 터로 남았다. 지금도 그 암탉의 놀란 듯한 눈으로 꼬꼬댁 소리를 내던 모습이 남아 있는 듯하다.

거짓말

앞서 말했듯 내가 네다바이(남을 교묘하게 속여 금품을 빼앗는 짓을 뜻하는 일본어)를 당하여 노란 셔츠를 빼앗긴 일이 있었는데, 내가 거짓말을 한 적도 있었다.

어느 날 부엌에 들어갔다가 부엌 바닥에 지폐가 접혀진 채 떨어져 있는 것을 보았다. 주워 보니 1,000환짜리로 아이들은 다루지 못하는 고액권이었다. 주춤거리다가 주머니에 넣었다. 몇 번이나 어머니에게 돌려드릴까 하고 망설이다가, 그 돈이면 내가 먹고 싶고 하고 싶은 일을 내 마음대로 할 수 있다는 생각이 들자 모른 체하기로 했다. 아니나 다를까 어머니가 부엌에서 돈 떨어진 것 못 봤냐고 물었는데 두근거리는 가슴을 억누르고 못 봤다고 거짓말을 했다. 그 뒤로 나는 그 돈을 조금씩 썼다. 초콜렛 같은 것을 사 먹었다. 그 돈의 위력으로 얼마 동안은 행복했다. 그 뒤로 어머니의 추궁이 더 없었으므로 나의 죄의식도 사라졌다.

좀 더 자라서 3, 4학년쯤 되었을 때다. 한번은 학용품 살 일이 있었는데 우리 국민학교 앞 문방구에는 내가 찾는 것이 없었다. 멀리 떨어진 부민국민학교 앞으로 가서 그곳의 문방구에서 물건을 사고 거스름돈을 받았다. 돌아오는 길에 먹거리의 유혹을 못이겨 거스름돈으로 군것질을 했다. 집으로 돌아와서 어머니에게 거스름돈을 드렸다. 어머니가 거스름 돈을 세어 보시더니 액수가 모자란다고 하셨다. 나는 그 문방구가 멀기도 했기 때문에 어머니가 그냥 지나치실 줄 알고 군것질 한 것을 말하지 않았다. 그러나 어머니는 그냥 지나치지 않았다. 부엌일을 내버려 둔 채 내 손을 잡고 그곳으로 갔다. 문방구 아주머니는 나에게 "분명히 내가 세어 주었지." 하며 확인했지만 나는 모른다고 했다. 문방구 아주머니가 나에게 거스름돈을 분명히 세어 준 기억이 났기 때문에 거짓말을 하면서 양심에 찔렸다. 어머니는 돈도 돈이지만, 아들을 속이고 거스름돈을 준 문방구 아주머니를 용서할 수 없었던 듯했다. 어머니는 문방구 아주머니와 고성을 내며 크게 싸웠다. 어머니는 자식들의 말은 절대 믿었다. 우리 아들은 거짓말을 하지 않는다는 것이 맹목적인 신념이었다. 그 뒤로도 나를 의심한 적은 한 번도 없었다.

아버지는 본인도 그랬지만 우리들에게 가장 강조해서 가르치신게 '정직하라.' 하는 것과 '의지가 굳세어야 한다.'라는 것이었다. 어느 날 내가 윗동네를 걸어가다 땅바닥에 떨어져 있던 열쇠 뭉치를 주운 적이 있었다. 그 열쇠 뭉치는 고리에 열쇠가 여러 개 달려 있었는데 그중에 신주(황동)로 된 것도 있어서, 내심 고철상에 팔면 돈을 벌겠다고 생각했다. 더구나 이렇게 묵직한 정도면 제법 큰돈이 되겠다고 그날의 횡재로 여겨 즐거워했다. 집에 돌아오니 아버지가 계셨고 아버지는 내 손에 들린 열쇠 뭉치를 보고 그게 무엇이냐고 물으셨다. 길바닥에서 주웠다고 대답하니까 도로 갖다 두라고 말씀하셨다. 나는 내가 갖다 놓으면 또 다른 사람이 주워 갈 것이 뻔한데 왜 그런 말씀을 하시는지 이해하질 못하면서도, 내가 주운 그 자리를 찾아가서 그대로 놓아두었다.

차츰 자라면서 아버지의 가르침이 몸에 배자 거짓말에 대한 거부감이 조건반사같이 생겼다. 그것이 또 다른 장애인 융통성 없는 도덕적 결백증으로 발전했다. 다시 말해, 꼭 필요한 거짓말을 할 때도 가슴이 두근거렸던 것이다.

세뱃돈과 우표 수집

설날이 되면 제일 싫은 것이 제사였고 제일 기다리는 것이 세배였다. 정확히는 세뱃돈이었다. 국민학교 5학년 때의 내 짝은 승우였다. 승우는 시골서 늦게 전학을 왔는데 키가 커서 내 옆자리에 앉게 되었다. 승우는 키가 컸을 뿐만 아니라 덩치도 컸고 이목구비도 큼직했다. 한마디로 영화배우같이 생겼다. 그때부터 승우와 친했는데 우리는 같은 중학교에 진학하고, 승우가 고등학교를 서울로 갈 때 헤어졌다. 편지로 우정을 이어 오다가 고등학교 1학년 때 승우네 집으로 가서 며칠 밤을 지내면서 서울 구경을 한 적도 있었다.

내가 승우에게 영향을 받아 오랫동안 내 생활의 중요한 한 부분으로 있었던 것이 우표 수집이었다. 어느 날 승우가 가져온 우표 수집첩에 있는 다양한 우표들을 보고 한눈에 반했다. 단지 시각적인 아름다움 외에 숨겨져 있는 가치가 있는 것 같아 나의 흥미를 끌었다. 나는 승우를 따라간 미화당백화점 5층 우표상에서 수집할 우표를 구입하는 것을 알았다. 그곳에서 팔고 있는 우표는 수

백 종이 있었는데, 우리나라 우표 외에도 세계 각국의 우표가 각 양각색의 디자인을 뽐내며 감수성 예민한 동심을 유혹했다. 중학교 졸업할 때까지 우표 수집벽에서 빠져 나올 수 없었던 것은, 우표 수집이란 것이 단순한 수집이 아니었기 때문이다. 한 장의 우표에도 스토리가 있었다. 어느 나라의, 무슨 기념으로, 얼마만큼의 발행 매수로, 지금 남아 있는 양은 어느 정도인데, 구입하는 우표의 신선도는 얼마나 유지되고 있으며, 같이 발행된 시리즈는 얼마나 되며, 연간 연속되어 발행되고 있는지 등등 탐구의 세계는 끝이 없었다. 취미 생활을 유지하기 위해서는 우표와 우표첩만 있으면 되는 것이 아니었다. 우표첩도 여러 권이 있어서 우리 우표와 외국 우표를 구분했고, 우표의 가장자리 천공 부분이 닳지 않도록 우표 집기용 핀셋도 필요했고, 귀한 우표의 보존을 위해서 비닐 봉투도 필요했고, 우체국에서 발행하는 우정 편람도 있어야 했으며, 우표 수집을 위한 서적도 구입해야 했다.

기념우표가 나오면 단순히 우표 한 장만 구하는 것이 아니었다. 함께 나오는 시리즈, 엽서 반 크기의 시트, 50매 단위의 전판의 오른쪽 아래에 한국조폐공사란 글이 들어 있는 우표 네 장의 명판, 기념 봉투에 우표를 붙여서 기념 도장을 찍은 초일 봉투 등 수집해야 할 것이 한두 가지가 아니었다. 그런 모든 수고는, 꼼꼼하기도 하고 한번 하는 일에는 집념을 가지고 하는 나의 성격에 꼭 맞았다. 우표첩을 하루에도 여러 번 들여다보았다. 그럴 때마다 만족하기도 하고 새로운 욕심이 일어나기도 했다. 새로 구입한 우표를 '안광이 지배를 철할' 정도로 들여다보면서 다음 구입할 것이 머릿속에서 떠나지 않았다. 그러나 이 모든 것은 나의 노력만으로는 이루어지지 않았다.

해결의 열쇠는 돈이었다. 나에게 생기는 돈은 군것질을 참고 몽땅 우표 구입에 투입했지만, 용돈을 모은 것으로는 늘 부족했다. 그래서 설날의 세뱃돈이 기다려졌다. 친가 쪽의 세뱃돈은 보통 정도였으나 외갓집으로 가면 큰돈을 받았다. 외갓집이라면 외할아버지, 외할머니, 큰외삼촌 내외분, 작은외삼촌 내외분이었다. 큰외삼촌은 양복지 도매상을, 작은 외삼촌은 카메라상을 국제시장과 광복동에서 크게 하셨는데, 세뱃돈으로 그 당시 최고액권인 500원을 두세 장씩 주시는 것이었다. 외숙모가 따로 더 주실 때도 있었다. 다행히 어머니가 빼앗아 가지는 않았다. 그 돈은 고스란히 우표로 바뀌었다.

그러던 중 한 해에는 불행한 일도 만났다. 그날도 세뱃돈을 두둑이 주머니에 넣고 기대에 찬 마음으로 미화당백화점으로 갔다. 그런데 백화점과 용두산 공원을 연결하는 구름다리 위에서 카드놀이를 하는 야바위꾼들에게 세뱃돈을 몽땅 털린 것이다. 나는 귀도 여리고 세상 물정에는 어두웠다. 사람들 사이에서 보고 있으니까 카드 석 장을 섞어 그림이 있는 한 장을 찾아내는 것이었는데, 너무 쉬워 보였다. 주위의 사람들이 바람잡이인 것도 모르고 그들의 부추김에 그 판에 어울렸다가 홀라당 털려 버린 것이다. 우표상에는 들르지도 못하고 빈손으로 집으로 돌아오는 허무한 마음에 겨울바람은 사정없이 몰아쳤다.

중학교에 진학하고서는 성적표를 받아서 성적에 따라 어머니에게서 격려금을 받아 우표를 샀다. 사실은 그것이 공부를 열심히 하게 된 자극제였다는 것도 부인할 수 없다.

그 외에 우표 수집으로 생각나는 사람이 있다. 외가 친척으로 재일 교포인 분이었는데 매년 한국으로 나오셨다. 그분은 내 이모뻘 되셨고, 이모부가 일본에서 사업을 성공해서 나올 때는 선물을 잔뜩 가지고 나오셨다. 그 당시의 일제 물건은 우리에게 선망의 대상이었다. 그분이 나올 때는 내 동생뻘 되는 남자아이도 따라왔는데 이름을 '닷짱'이라고 불렀다. 그 아이는 한국말을 못했지만 용케도 우표 수집을 취미로 하고 있었다. 우리는 대화가 통하지 않았지만 우표첩을 펼쳐 놓으면 의사소통이 되었고 서로가 급속히 가까워졌다. 우표 교환도 했다. 닷짱의 우표첩 속에는 놀랍게도 북한 우표인 '조선우표'가 들어 있었다. 그 우표는 한국에서는 수집 금지된 우표여서 쉬쉬하며 모으는 대단한 희귀품이었다. 닷짱은 한국의 기념우표를 좋아해서 서로 바꾸었다. 닷짱은 다음 해에도 한국으로 나와 반갑게 만나서 나에게 더 많은 조선우표를 주었다. 어느 해 그분들이 일본으로 떠나는 날 부두에 전송을 나갔는데 부관 여객선의 위용을 보고 '저 배만 타면 일본까지 갈텐데.' 하면서 밀항을 꿈꾸기도 했다.

그러한 수집벽은 우표에 머무르지 않았다. 동네에 있던 노상 골동품점에서 일제강점기 때의 백동화를 시작으로 구화폐를 수집하기도 했고, 해외 출장을 다니면서 열쇠고리를 모으기도 했고, 40대에는 작은외삼촌댁에 세배 갔다가 200분이나 기르시던 난을 보고 웬 풀인가 했다가 코끝을 스치는 난향에 심취해 집으로 와서 딱 10년간 난을 50분이나 키우기도 했다. 취미를 골프로 바꾸면서 치워 버린 것에는 난 50분과 『난과 생활』이란 난 전문 월간지 10년분이 있었다.

오랫동안 빠져 있었던 컬렉션의 흔적이 지금은 책장 서랍 깊숙이 묻혀 있는 한국 우표첩 한 권, 벽에 걸려 있는 열쇠고리 함밖에는 남아 있는 것이 없다. 우표 수집을 할 때에도 세월이 흘러갈수록 우표 값이 기하학적으로 오른다는 말을 믿었고, 난을 수집할 때는 난을 불려서 팔면 큰돈이 된다는 말을 철석같이 믿었지만, 남은 것은 취미에 빠져 즐겼던 기억뿐이다. 취미는 아무런 부가가치를 만들지 못하는, 취미 그 자체일 뿐이다.

12
소풍과 수학여행

　국민학교 다니면서 가장 기다리던 날이 소풍 가는 날이었다. 왜 그렇게 기다렸냐고 묻는다면 그 이유가 떠오르기 전에, 그냥 '무조건 좋았다.' 굳이 이유를 찾는다면 마음 놓고 놀 수 있었던 것보다도 김밥, 삶은 계란, 사이다를 먹을 수 있어서였던 것 같다. 그러나 선행되어야 할 조건이 날씨였으므로 전날 날씨가 흐리면 조마조마한 마음으로 잠이 들었다.

　떠날 때는 걸음도 가벼웠다. 목적지에 도착해서는 풀밭에서 수건 돌리기, 그림 그리기, 보물찾기를 하면서 시간 가는 줄 몰랐다. 어느새 점심시간이 되면 륙색에 넣어 온 점심과 간식을 펼쳐 놓고 노느라 고팠던 배를 채웠다. 아이들 사이에 가장 인기 있었던 것은 사이다였다. 고깔 쓴 꼬마가 그려진 '합동사이다'는 인기 짱이었다. 그중에서 내가 가장 먹고 싶었던 것은 미깡(귤)이었다. 껍질을 벗기고 한 알씩 쪼개어 먹는 것이 무척 부러웠다. 돌아올 때에는 모두들 지쳐서 터덜 걸음으로 돌아왔다.

　저학년 때에는 수원지에 갔는데 큰 저수지 옆에 넓은 풀밭이 있어서 그곳에서 놀았다. 고학년 때에는 전차를 타고 동래 온천장으로 갔다. 거제리를 지나면서 미나리밭이 넓게 펼쳐진 곳을 보며 부산서 멀리 떨어진 시골이라 생각했다. 거제리는 그 후 연제구 거제동이 되었는데 부속국민학교와 같이 있던 사범학교가 부산교육대학으로 재편되면서 장소를 그곳으로 옮겼다. 그와 맞추어 부산사범부속국민학교는 부산교육대학부속국민학교란 새 이름으로 그곳에 건립되었다. 우리가 졸업하던 해에 그런 개편이 있었기 때문에, 우리가 부산사범부속국민학교의 16회 졸업생으로 마지막 졸업생이 되었다. 우리 다음 아이들은 화랑국민학교란 새 이름으로 공부하게 되었다.

6학년 때였다. 소풍을 며칠 앞두고 조회를 했다. 교장 선생님께서 훈시를 하면서 지금 시골에는 보릿고개라 농민들이 밥도 못 먹고 있다면서, 우리만 즐겁게 소풍을 갈 수 없다고 소풍을 취소했다. 밥 굶는 분들의 어려움을 이해하려고 했지만, 준비까지 다 한 소풍을 가지 못해 서운한 마음을 속으로 삭여야 했다.

5학년 때 수학여행을 갔다. 다른 국민학교는 경주로 갔는데, 우리 학교는 서울로 갔다. 한 번의 수학여행은 여러 번의 소풍보다 더 큰 꿈을 안겨 주었다. 그 꿈은 너무나 부풀어 터질 듯했다. 이미 아이들은 기차간에서의 놀이부터 서울에서의 할 일들에 대해서 형이나 누나에게서 들은 경험담을 바탕으로 계획을 짜 두었다.

한 좌석에 3명씩 앉아서 부푼 꿈을 안고 서울로 향했다. 기차조 차 처음 타는 아이들은 너덜너덜한 거죽에 딱딱한 좌석도 신기하 기만 했고, 차창 밖의 새로운 경치에 눈을 떼지 못했다. 한참을 지 나서야 빠져나올 수 있었던 청도 터널, 들보다 산이 많았던 풍경, 나무가 보기 드물었던 민둥산의 모습, 고국의 민낯을 보며 꿈이 현실이 됨을 느꼈다.

서울 거리를 걸으면서 부산의 국민학생들은 시골뜨기가 되었다. 높은 빌딩, 넓은 거리, 거리를 메운 차, 낯선 서울 말씨와 세련된 사람들 등 모든 게 낯설게 다가와 위압감을 주었다.

우리들이 숙박을 한 곳은 종로2가 관철동이었는데, 우리가 숙 박한 여관뿐 아니라 그 골목에는 여관들이 줄을 서 있었다. 그리 고 그 골목에는 미군 부대에서 나오는 미제 물건들을 펼쳐 놓고 파는 노점들이 많았다. 우리들은 여관에 머무는 여유 시간에 그 곳에서 초콜렛 같은 과자들과 깡통 햄을 사 먹었다. 깡통 햄을 사 서 깡통에 붙어 있는 고리 모양의 오프너를 떼어 깡통을 열려다 양철 날에 손을 베었다. 손가락에서 피가 나는데도 햄을 맛있게 먹었다.

고궁을 구경하다 그곳이 옛날 임금님이 나라를 다스리던 곳이 란 설명을 듣고 새삼스러운 느낌을 받았다. 서울이란 임금님이 살 았던 특별한 곳이란 생각에 부산과의 차별감을 느꼈다. 서울은 대 통령도 살고 영화배우들도 같이 살고 있는 곳이란 사실에 부산에 대한 애향심이 늘 상처받고 있는 참이었기 때문이다. 가장 재미있었던 곳은 부산에는 없던, 창경원의 '동물원'을 구경하는 것이었다. 그곳에는 별의별 동물들이 다 모여 있었다. 원숭이들의 재주도 새삼스러웠지만 사자, 호랑이, 코끼리, 곰, 독수리 등등 처음 보는 동물들에게서 눈을 떼지 못했다. 부산에 돌아가면 자랑해야지, 하면서 동물들의 사진첩도 한 권 샀다. 서울의 첫 인상은 나에게 깊은 감명을 남겼다.

중입 고사

5학년에 올라가자 분위기가 달라졌다. 그때는 중학교에 진학하려면 시험을 쳐야 했고, 중학교도 차등화되어 있어서 교육열도 대단했다. 5, 6학년을 맡을 담임 선생님이 정해졌는데, 작은 체구에 마른 편이나 단단하게 생긴 김 선생님이었다. 우리에 앞서 고학년을 여러 해 맡으신 분이라고 했다. 김 선생님이 오자마자 분위기는 긴장 모드로 바뀌었다. 선생님 손에는 길이 30cm에 두께 2, 3cm쯤 되는 각목이 쥐어져 있었다. 선생님이 우리 선배들을 가르칠 때 그것으로 하도 많이 때려 각목 표면에 나이테 따라 요철이 생겼다며 겁을 주셨다. 선생님은 그 매로 체벌을 할 때 두 손바닥을 펴게 하고 때렸는데, 최소의 노력으로 최대의 효과를 냈다. 그 뒤로 중요한 실책을 했을 때 교단 모서리에 꿇어앉게 하고 발바닥을 때리기도 했는데 그 효과는 손바닥의 몇 배나 되어 눈물이 찔끔 나게 했다.

나는 선생님의 말씀을 귀담아들었다. 원래 나는 귀가 여려서 남의 말을 곧이곧대로 믿었는데 선생님의 말씀은 나의 지남(指南)이 되었다. 그것은 아버지의 말씀에 우선하는 것이었다. 과외도 하지 않았고 오로지 선생님 말씀만 따랐다. 그런데 선생님의 가르침은 가혹했다. 매일 엄청난 숙제를 내 주셨는데 6학년 2학기 막판에는 매일 두터운 수련장의 40쪽을 풀어 가야 했다. 그 숙제를 다 풀기 위해서 새벽 3시에 일어나던 기상을 2시로 당겼다. 그래도 시간이 모자라 못 푼 나머지 쪽들은 해답을 보고 베꼈다. 그러면서 매일 있는 시험과 30cm 매의 체벌을 하루하루 견뎌 내야 했다.

5, 6학년 반장을 여자아이가 했는데—남자 후보 두 명에 여자 후보 한 명으로 선거를 하면 결과는 뻔한 것—그 아이는 혜경이었고, 혜경이는 공부도 일등이었다. 5학년 때부터 6학년 1학기까지 그 아이가 계속 일등을 했다. 매일 아침에 치르는 시험이 있어서 답안지를 뒤로 돌려 채점을 했는데, 선생님이 혜경이의 시험지로 답을 불러 채점을 하시다가 어느 날부터 혜경이 대신에 내가 써낸 시험지의 답안을 불러 점수를 매기기 시작했다. 틀린 경우는 아이들이 아우성을 치며 정답을 정정하는 식이었다. 내 성적이 올랐던 것은 5학년 때 김 선생님을 만나고 나서였던 것 같다. 5학년부터 서서히 오르기 시작한 성적이 중학 입학시험을 몇 달 앞두고 피크가 되었던 것 같다.

지망했던 경남중학교에서 시험을 치르고 집에 돌아오니, 얼마 안 있어 김 선생님이 오셔서 내 답안을 살펴보았다. 선생님은 조금 실망하는 표정을 지으셨다. 다음 날인가 선생님에게서 수석 합격이라는 통지를 받았다. 나는 그때까지 구체적인 목표도 욕심도 없었기에 기쁜 생각은 별로 들지 않고 무덤덤한 기분이었다. 어떤 면에서는 부속국민학교의 선두 그룹 중에서 내가 운명의 여신의 지명을 받은 것이리라. 수석 합격이란 실력만이 아니라 요행도 작용했을 것이기 때문이다.

차츰 부모님, 할머님이 기뻐하셨고 동네 사람들이 찾아와 축하한다는 말들을 했고 할머니는 잔치라도 해야 된다고 들떠 있었다. 윗동네 방앗간 봉이 아버지도 동네 경사 났다고 하시면서 금일봉을 가져오셨다. 나는 얼떨떨하였고 부끄럽기까지 했다. 미운 오리 새끼가 어느 날 갑자기 백조가 된 자신을 보듯이, 나는 12년 동안의 무명을 벗고 찬란한 태양처럼 떠올랐다. 보수천가 초가집에서 태어나 수석의 영광을 안은 것을, 개천에서 용났다라는 말로 표현해도 될지 모르겠다.

당시 중입 시험은 전국이 통일된 국가고시로 치러졌는데 그해 처음으로 체능 시험이 추가되었다. 필기시험 150점, 체능 시험 25점이었다. 체능 종목은 100m 달리기, 넓이뛰기(멀리뛰기의 전 용어), 좌우 공 던지기, 턱걸이 등 5종목이었다. 각 종목별 5점 만점으로 총 25점이었다. 체능 시험에 대한 고시가 한 학기를 남겨 두고 나왔기 때문에, 체능 점수를 잘 받기 위해 모두 시간이 없었다. 학교에서 처음 치른 모의시험에서 나는 15점이 채 안 나왔다. 그때부터 매일 연습을 했는데 연습 효과가 제일 빠른 것이 턱걸이였고 제일 느린 것이 달리기였다. 달리기를 제외한 다른 종목의 연습은 학교에서 하고, 달리기 연습으로는 매일 아침 동네 골목길을 달렸다. 차츰 체능 점수가 늘어나 만점에 이르렀다. 체능 수험 날 나는 25점 만점을 받았다. 중입 시험 전체 성적은 경쟁 학교인 부산중학교의 수석 합격자와 동점으로, 부산 전체 수석이 되었다.

혜경이는 부산여중에 수석 합격했다. 김 선생님은 가르친 60여 명의 수험생 중 50명을 일류 중학교에 합격시키고 2명을 수석 합격시켜 명성을 떨쳤다.

발표가 있은 후 부산 MBC 방송국에서 인터뷰가 있었다. 나와 부산여중 수석을 한 혜경이와 대신중학교 수석이 같은 자리에서 했다. 대신중학교는 2류 학교였으나 그 아이의 아버지가 방송국과 연고가 있는 듯, 아나운서는 그 아이와 말을 많이 했다. 인터뷰를 하면서도 나는 말도 제대로 못 한 듯하다. 그때 문득 혜경이를 쳐다보면서 저 아이와 결혼하면 어떻게 될까 하고 엉뚱한 생각을 했다. 2세를 가지면 천재가 나오지 않을까 하는 공상을 하면서.

방송국 말고도 모 신문기자와 인터뷰를 한 적이 있었는데, 앞으로 대학 진학 시 원하는 학과가 어딘가 하는 질문에 서울 공대 화공과라고 했다. 나는 화공과가 무언지도 몰랐지만 그 당시 커트라인이 제일 높았고 그 과에서 서울대 전체 수석이 자주 나왔기 때문이었다. 그리고 앞으로 무엇이 되고 싶은가 하는 질문에 사장이 되고 싶다고 했다. 사장만 되면 돈은 절로 벌고 좋은 집에 살며 좋은 차 탈 수 있다고 생각했기 때문이었다.

대학을 입학한 후 동창회를 계기로 부속국민학교 동창들과는 자주 만났는데 혜경이와 나는 그런 연유로 허물없이 지냈다. 그러던 중 둘이서 방학을 이용해 김 선생님을 찾아뵙기로 했다. 수박을 사 들고 선생님의 댁을 찾아갔다. 불의의 내방에 무척 반가워하셨으나, 나누던 말씀 중에 결혼 전에는 남학생과 여학생이 같이 다녀서는 안 된다는 말씀을 하셨다. 그 뒤로 선생님이 미국으로 이민 가셨다는 소식을 들었다. 미국에서 젊은이들의 행동을 보고 선생님은 어떤 생각을 하셨을지 궁금하다.

국민학교 졸업식에서는 내가 주인공이 되었는데, 그 당시 한국생사 그룹 회장이시던 김지태 회장님의 부일장학회장상을 타게 되었고 부상으로 받은 괘종시계는 중학교 시절 내내 새벽 3시에 나를 깨우는 역할을 충실히 해 주었다.

14

국민학교 교문을 나서며

부산사범부속국민학교의 6년간은 나에게 분수에 넘치는 시간이었다. 그 속에 있을 때는 몰랐지만 학교 담 밖의 세상과 마주치자 내가 얼마나 좋은 환경에서 공부를 했고 얼마나 순수한 친구들과 우정을 나누었는지 알게 되었다. 그 우정은 길게 남아 중학교, 고등학교, 대학교까지 이어졌다. 비록 갈수록 수가 줄어들기는 했지만.

그리고 우리들 사이에는 콕 집어 무어라 말할 수 없는 동질성이 있었다. 그것을 뭐라고 할까, 밝고 부드럽고 순진하고 낙천적이었지만 힘들고 어두운 일에 대해서는 한 걸음 떨어져 있었다는 것이다.

그 원인은 대부분 부르주아 출신의 아이들이었기 때문일 것이다. 우리는 집에서나 마찬가지로 학교에서도 온실에서 자라듯이 자랐다. 세상의 험한 일, 어려운 일을 모르고 자란 환경에서 역경을 만났을 때 당황하거나 취약했을 것이다. 두 번째 원인으로는, 한 학년 180명 남짓한 인원수를 3개 반으로 나누어 2년에 한 번씩 반을 재편하면서 6년을 같이 공부하고 뒹굴었다는 점이다. 전교생을 거의 다 알 수 있었고, 그것이 서로 간의 친밀성을 더욱 두

텁게 했을 것이다. 그런 면에서 서로 말이 통했고 생각이 같았다.

우리의 친밀성을 더해 주었던 요소는 공간적 놀이터가 학교를 떠나서 친구들 집까지 연장되었던 것에도 있었다. 터널 위쪽의 용석이네 집 가마솥 욕실에서, 덕종이네 집 탁구대가 있던 마당에서, 미국의 저택같이 넓었던 영식이네 집 잔디밭에서, 공장 같은 성만이네 집에서, 이 층 옥상과 아래층을 오르내리며 뛰어놀던 봉주네 집에서 모두가 우리의 운동장이나 놀이터같이 뛰고 놀았다. 그 너른 공간에서 어린 영혼들은 맘껏 자유로웠다.

철민, 승조, 봉주, 성원, 기태, 주완, 종수, 혜영, 소영…… 어떤 친구는 서울에서, 또 어떤 친구는 부산에서, 또 다른 친구는 지구의 반대쪽에서, 또 다른 친구는 하늘나라에서, 그리운 얼굴들이 때 묻지 않은 웃음을 가득 담고 내 가슴에 별들이 되어 반짝이고 있다. 어디서 무엇이 되어 다시 만나랴.

성장기 I

1

중학생이 되다

1962년 3월 경남중학교의 입학식은 교정에서 열렸다. 나는 입학생 대표로 모표가 꽂힌 모자를 받았다. 연단까지 올라가 까까머리를 내밀자 교장 선생님이 모자를 씌워 주셨다. 식이 끝나고 어머니에게서 들은 말로 사람들이 "머리 좋은 아이는 뒤통수가 튀어나왔다는데 저 애는 납작하네."라고 했다고 한다. 중학교에 들어가 모자만 받은 게 아니었다. 반에서 반장 선거를 하는데, 임시 반장으로 지명되었던 여세를 몰아 내가 반장으로 선출됐다. 내성적이며 꿈도 크지 않던 나에게 반장이란 명예가 오다니 그것은 영광이기 이전에 두려움 어린 혼란이었다. 반장의 할 일은 매일 아침 "하나, 반공을 국시의 제일의로 삼고 지금까지 형식적이고 구호에만 그친……"으로 시작되는 혁명 공약을 선창하는 일과, 매 교시 시작과 끝에 선생님에게 대한 경례 구령을 하는 것, 선생님의 지시 사항을 전달하는 것, 학생회에 참석하는 것 등이었다. 그런 것은 할 수 있는데, 가장 고역은 일주일에 한 시간씩 있는 홈룸 (home room) 시간의 운영이었다. 선생님이 지켜보는 자리에서 회의를 진행하는 것이었는데, 말도 제대로 나오지 않았고 어떻게 진행해야 할지 난감하기만 했다. 회의가 중간에 끊겨 표류하게 될 때는 로빈슨 크루소와 같은 외로움을 느꼈다. 시간은 지지리도 늦게 갔다. 다가오는 시간은 지옥이었고 끝나는 시간은 천국이었다. 그러나 어떤 고통도 지나가기 마련이어서 차츰 괴로움의 무게를 덜어 갔다.

1학년 담임 선생님은 연세가 많으신 상업 담당 선생님이셨다. 가르치는 내용은 주판을 포함한 고리타분한 것이었다. 상업과도 관계없는 것도 가르쳤는데, 삼강오륜은 물론이고, 집안에서 들려야 할 좋은 소리 세 가지는 '책 읽는 소리, 아이 우는 소리, 방망이 두드리는 소리'라고도 가르쳤고, 심지어 시험 문제로도 나왔다. 손 선생님은 웃을 때 번쩍이는 금이빨이 드러나는 특이한 모습이었다. 그래서 별명이 '해골'이었다. 나는 키가 크고 말라서 별명이 '갈비'였다. 아버지가 입학 선물로 사 주신 시계가 시곗줄을 제일 안쪽 구멍으로 채우더라도 뱅뱅 돌았다. 갈비라 불렀을 때 내가 순발력 있게 반응했으므로 별명은 더 요란하게 번졌다. 해골과 갈비. 어쩐지 잘 맞는 조합 같았다. 그래서 그런지 해골 선생은 갈비 반장을 무척 아꼈다.

그런 와중에 내 성격은 많이 변했다. 내성적인 성격이 외향적으로 변해 간 것이었다. 말 한마디 대꾸도 못하던 아이가 차츰 자기 의견을 활발하게 나타내는 아이로 변했다. 학번은 1706번이었는데 여섯 번째로 키가 컸다. 반 친구들은 갈비라고 놀리면서도 내 주위로 모였고 내 말을 잘 따랐다.

한번은 일행 중 한 명의 제의로 다섯 명의 친구들이 초량에 있던 '텍사스 골목'에를 갔다. 그곳은 외항선 선원들이나 외국인들을 위한 위락 시설이 모여 있던 동네였다. 학교를 파하고 갔으니까 영업을 하기에는 이른 시간이라 성업 중은 아니었으나 막 켜기 시작한 네온사인과, 다닥다닥 붙어 있던 술집들의 영어 간판과, 간혹 문밖에서 짙은 화장에 옆줄이 트인 스커트를 입은 아가씨들의 야한 분위기가 사춘기 아이들의 호기심을 불러일으키기에는 충분했다. 그때는 막 사춘기가 시작할 때인지라 성에 대해서 관심이 클 때이고 코밑이나 불두덩에 솜털이 나기 시작한 제2차 성징기였다. 그때 반에서 책상 아래 숨겨 두고 보는 책이 있었는데 나에게도 볼 기회가 왔다. 『고금소총』이란 제목의 도색 이야기책이었다. 내용은 우리나라 옛날부터 내려오던 음담패설을 모아 놓은 것이었다. 나는 첫 페이지의 내용을 읽자마자 심장이 터질 듯이 뛰었다. '양물'이나 '옥문' 같은 처음 보는 단어들도 나왔으나 짐작으로 무엇을 지칭하는지 알았고, 적나라한 성적 표현은 새로운 세상을 들여다보는 환희를 안겨 주었다. 죄의식도 따라서 책장을 덮으려고도 했지만 관능의 유혹에 속절없이 무너졌다. 그 시절 처음으로 몽정이란 것을 했다. 꿈속에서의 흥분과 한순간의 쾌락이 만든 축축한 속내의를 어쩔 수 없이 어머니의 손으로 넘겨 주는 난감함으로 가파른 사춘기의 고개를 넘고 있었다. 그리고 또 조금의 세월이 흐르고는 스스로 개발한 기술로 수음을 하기 시작했다. 그세상은 유치원과 국민학교를 지나면서 몰랐던 새로운 세상이었다. 그러나 그것은 나 혼자만의 고독한 쾌락과 절망이었고 여드름 난 여학생이라도 보고 얘기할 기회는 오지 않았다.

1학년 말에 전교 학생회장 선거가 있었다. 어느 날 얼굴도 모르는 2학년 선배가 16절지 연설문을 들고 찾아와서 선거 찬조 연설을 부탁했다. 나는 대중 연설은 생각지도 못한 일이어서 못 하겠다고 거절했다. 그러나 그 선배는 강요했고 나는 할 수 없이 그 일을 맡았다. 한 장짜리 연설문을 외우는 것은 큰 일이 아니었으나 단상에 올라 전교생을 향해 연설을 한다는 것은 아찔한 일이었다. 그날이 오고 내가 연설대에 나설 시간이 왔다. 회장 후보자와 찬조 연설자의 대기석에서 조마조마하게 기다리고 있던 나는 떨어지지 않는 걸음을 내딛었고, 단상의 계단을 올라갈 때는 다리가 후들거렸다. 단상으로 올라가 고개를 드니 아무것도 보이지 않았다. 심호흡을 하고 떨리는 목소리로 웅변 아닌 웅변을 했다. 다행히 원고 내용은 틀리지 않고 말을 다했다. 그 뒤 투표가 치러졌고 나의 지지자는 다섯 명의 후보 중에서 차점으로 부회장에 당선되었다. 그 선배는 그 후로 선거의 결과가 불만이었는지 한 번의 연락도 없었다.

2
과외 수업

　나는 국민학교 졸업 때까지 과외 공부를 한 적이 없으나 국민학교 4학년 때 나보다 한 살 위의 상태란 동네 형의 과외 공부 시간에 같이 참석하여 구경한 적은 있었다. 과외 선생님은 고대 다니다가 휴학 중이던 분이었는데 산비탈의 판잣집에 살고 있었다. 상태가 과외 수업을 받을 때는 교자상에 앉아서 했는데, 상태와 과외 선생은 같은 편에 앉아서 했고 나는 건너편에서 내 공부를 한다고 책을 펴 놓고는 선생님이 상태에게 가르치는 말을 귀 기울여 들었다. 상태는 공부가 하기 싫은 눈치였고, 나는 선생님의 말을 잘 이해했으나 상태는 잘 몰랐다. 때로는 내가 대신 대답을 하기도 했는데, 상태는 나를 내치지도 않고 같이 있으려고 했다. 혼자서 공부하기가 싫었던 것이다. 사회생활을 공부하는데 외국의 나라들과 각 나라의 수도가 나왔다. 선생님은 상태에게 그것을 외우라고 숙제를 주었다. 나는 집으로 와서 『세계지리부도』의 부록을 보고 그 당시의 102개국의 국명과 수도명을 다 외웠다. 다음 시간에 선생님이 상태에게 물었으나 상태는 일본, 미국, 중공 등 몇 개

국밖에 못 외웠다. 상태가 자유중국의 수도를 못 외워 쩔쩔 매는 것을 보다 내가 "타이베이."라고 답하니까 선생님이 "어, 니가 어떻게 그걸 아노?" 하면서 "그라모 인디아는?" 하고 물었다. "뉴델리예." "파키스탄은?" "카라아치(그 당시 수도)예." "스웨덴은?" "스톡홀름예." "아이슬란드?" "레이캬비익예." 상태의 과외 시간이 이상하게 되어 버렸다. 선생님은 신기한 듯, 이번에는 모르겠지 하면서 계속 물었고 나는 어렵지 않게 대답했다. 상태는 멍청하게 두 사람의 문답 놀이를 쳐다보고 있었다. 선생님이 "야, 내가 졌다. 니는 천재다." 하고 손을 들었다. 그 뒤 어떤 생각이었는지 나는 선생님에게 점빵에서 담배를 사 드린 적이 있었다. 공짜 과외에 대한 미안함이었는지 감사함이었는지는 모르겠으나, 선생님이 즐겨 피는 담배 백조—필터도 없던 싼 담배—를 한 갑에 20환 씩 100환 어치를 사 드렸다. 선생님은 기뻐하시며 받았다. 그 후로는 나도 당당하게 수업 시간에 참석하였고 자기 공부에 몸을 비트는 상태와, 남의 공부에 귀를 기울이는 나의 이상한 수업 동거가 한동안 계속되었다.

국민학교 때에는 상태 집에서의 '어깨너머 과외'를 빼놓고는 졸업할 때까지 과외 수업을 받지 않았다. 내가 어머니에게, '필요해서가 아니라 재미있어서' 과외 수업을 조른 적은 있었으나 어머니는 거절하셨다.

중학교에 들어가자 분위기가 바뀌었다. 내가 공부 잘하는 아이로 소문이 퍼지고 갑자기 반장이란 감투를 쓰고 보니 덩달아 어머니가 바빠졌다. 어머니는 집안일이 바쁜데도 학교에 자주 나타났다. 반장 어머니에게는 기성회장이란 감투가 따랐다. 어머니는 졸지에 우리 반 학부모들의 반장이 되었다. 차츰 열기가 식어 갔지만 그 바람에 국민학교 때는 못 본 척하던 어머니가 나에게 영어 수학 과외를 시켰다. 과외 선생님은 물론 경남중학교의 선생님들이었다. 그 후로 중3 졸업할 때까지, 중간중간 끊어지기도 했지만 과외 수업이 계속됐다. 과외 수업도 약발이 있어 처음에는 반짝 효과가 있었으나 그 뒤로는 그냥 하루의 습관이 되어 버렸다.

그중 한 선생님은 야구광이셨는데 모교인 경남고 야구단에도 영향력이 있는 분이었고 야구 시즌이 되면 고교 야구에 푹 빠져서 다른 곳에는 신경을 쓰지 않을 정도였다. 당시도 야구가 가장 인기 있는 스포츠였지만 프로 야구가 없어서였는지 실업 야구나 대학 야구보다 고교 야구가 더 인기가 있었다. 전국 대회인 '황금사자기', '청룡기', '대통령배', '봉황대기'에는 전국의 야구 팬과 출전 학교의 동문들, 출전 지방의 애향심 많은 시민들에 의해 전국이 들썩였다. 경남고는 전국의 야구 명문고였다. 선생님에게는 야구가 인생의 절반 이상이었던 것 같다. 예선전이 있는 날에는 도통 과외 수업은 휴강이었다. 휴강이 아니더라도 반 토막이 나 버렸다. 진도는 안 나갔고 선생님의 생각은 운동장에 가 있었으니, 가르쳤던 것을 반복하기도 했다. 영어의 5형식에서 사역동사를 설명하면서 우리말로 '-시리, -도록, -게끔'으로 번역한다는 가르침이 아직도 지워지지 않고 남아 있는 것은 그러한 반복 교육의 결과였다.

중학교 때 뻔질나게 다녔던 과외 수업을 고등학교에 진학해서는 하지 않게 되었다. 그런데 독일어 입문 시의 장벽을 넘기 위해서, 또 친구의 권유에 의해서 독일어 한 과목만 두세 달 들은 적이 있었다. 그 외에는 과외 수업 없이 독력으로 공부를 했다. 과외 수업과 관계없이 대부분 우수한 성적으로 학창 시절을 보냈다.

고등학교 1학년 때에는 어머니가 나에게 선생님을 붙여 과외를 시킨 것이 아니라 내가 선생님이 되어 과외를 하도록 시켰다. 내가 가르칠 아이들은 어머니 친구들의 딸들로 중학교 2학년 3명과 3학년 1명이었다. 중학교 2학년 아이들에게는 영수를 가르쳤고 3학년 아이에게는 물상을 가르쳤다. 우리 집에서 가르쳤는데, 내가 공부했던 과정을 반복하는 것이라 어렵지 않았고 배우는 입장을 잘 알고 있어서 더 효율적으로 가르칠 수 있었다. 그러나 가르치는 입장과 배우는 입장이 달라서, 내가 가르치는 것을 이해하지 못하는 아이들을 이해할 수 없었다. 돌대가리라며 책으로 머리를 두드리기도 여러 번 했다. 그래도 울거나 삐치지 않고 금방 시시덕거리며 웃었다. 매달 시험 결과가 나왔는데 성적이 무려 20~30등씩 올랐다. 두어 달 가르치다가 내 시간을 많이 빼앗기는 것 같아서 그만 두었다. 하지만 어머니 친구들의 강청으로 한 달을 더 봐 주었다. 그 후 아이들의 소식을 어머니를 통해 들었는데, 그중 연년생을 보냈던 아이들의 집이 우리 집과 가까이 있어 그 집에 놀러가기도 했다. 언니는 내 앞에서 피아노 연주도 하고 자작시를 보여 주기도 했다.

3
성격의 변화

　나의 타고난 성격은 부끄러움과 겁이 많고 내성적이었다. 그런 소극적인 성격이 중학교에 들어서자 심한 환경적 시달림을 받게 되었다. 그것은 반장으로의 변신 때문이었다. 그것은 남들은 알 수 없는, 내 속에서의 큰 진통이었다. 습관을 바꾸는 것보다 더 힘든 것은 성격의 변화였다. 반장으로서의 역할을 하기 위해서는 적극적 사고와 능동적 행동을 하지 않으면 안 되었고, 이기심을 떠나 공익적 사회관을 가져야만 했다. 주위에는 친구들이 많이 모였으므로 자연히 대인 관계도 원만하게 되어 갔다.

　고등학교에 들어서는 내재되어 있었던 감성적 기질과 더불어 외향적 성격이 더욱 활발해졌는데, 타인들 앞에서 잘 부르지도 못하는 노래도 숫기 좋게 부르고, 춤도 추면서 부끄러워하지 않았다. 그뿐만 아니라 어느새 낯선 여고생들에게도 용기 있게 접근해 말도 잘 붙였다. 군중 앞에서 연설도 할 수 있었고 리더십도 가지게 되었다.

　이렇게 형성된 나의 성격은 대인 관계에서도 호감을 갖게 했다.

스스로도 낙관적이 되어 스트레스를 속에 쌓아 놓지 않아 비교적 편안한 생활을 할 수 있었다. 하지만 어떤 열등의식이 작용했는지 공격적 성격이 간혹 노출되어 상대와 나 자신을 당혹하게 하기도 했다. 한편으로는 모범생이라는 주위의 찬사에 의해 나도 모르는 사이에 교만이 싹트고 있었다.

이런 성격이 나와 평생을 같이 했다. 그런 외향적 성격에 잠재된 내성적 성격이 때로는 혼자 있고 싶어 하는, 고독에 대한 향수로 남아 있다. '혼밥', '혼술', '혼차'도 쉽게 할 수 있었고, 나이가 들어서는 혼자 하는 산책과 독서와 명상과 글쓰기가 일상의 일부가 되어 자락하고 있다. 그런 생활의 가장 귀한 열매는 사색이었다.

식목 행사

유년 시절에는 집집마다 장작을 쌓아 두었다. 가을이면 할아버지가 장작을 팼다. 패 놓은 장작은 바람벽에 차곡차곡 쌓아 두고 겨우내 썼다. 부엌에는 가마솥이 있어서 장작으로 불을 때어서 음식을 하거나 군불을 땠다. 차츰 연탄으로 대체되었지만 연탄 사용 전에는 사시사철 나무를 연료로 사용했으니, 전 국민이 그랬다면 산에 나무가 남아 있을 리 없었다. 부산만 하더라도 수원지의 입산 금지 구역을 제외하고는 사방의 산이 민둥산이었다. 보수산의 솔밭은 누군가가 새로이 식목을 한 것이었다. 수학여행을 갔을 때 경부선 기차 창을 통해 보는 우리나라의 풍경은 들 아니면 민둥산이었다. 어린 마음에도 가슴이 휑하니 빈 것 같았다.

식목일을 즈음해서 송충이 구제 작업을 했다. 마치 소풍 가듯 야외로 나갔는데 송충이 잡이용 나무젓가락과 병을 준비해야 했다. 한번은 부산대학 뒷산인 금정산에 갔다. 도착하기까지는 소풍 나들이같이 발걸음이 가벼웠지만 도착해서부터는 유희 대신 노동을 해야 했다. 소나무는 어린 나무로 키가 우리 키 정도여서 손을 뻗으면 우듬지가 닿을 정도였다. 송충이는 많았다. 한 마리씩 잡아서 병 속에 넣었는데 어떤 아이들은 송충이가 온몸에 가시 같은 털을 덮어쓰고 꼼지락거리는 것을 보고는 징그러워하기도 했다. 작업이 끝나고는 송충이들을 모아 석유를 뿌려 죽였다.

묘목을 심기 전에 풀씨 뿌리기를 한 적도 있었다. 민둥산에 나무가 있기 전에 풀조차 없었던 곳이 있었던 모양이다. 우리는 묘목 대신 풀씨를 뿌렸다.

식목 행사가 활성화된 것은 박정희 대통령 때였다. 대개 식목일에 행사를 했는데 우리는 학교에서 가까운 천마산으로 갔다. 천마산은 가파르기도 한 민둥산이어서 식목하는 데 어려움이 많았다. 땅을 파고, 묘목을 심고, 흙을 덮고 발로 밟은 뒤, 비료를 주는 작업이 힘들어도 나무가 울창한 내일을 꿈꾸며 보람을 얻었다.

민둥산뿐이었던 우리 국토가 차츰 나무로 채워가면서 "부강한 나라에는 숲이 울창하다."라는 말을 확신하게 되었다. 우리나라의 경제가 발전하는 속도로 우리나라의 숲도 짙어져 갔다. 그것은 외국에서도 마찬가지였다. 어른이 된 후 독일의 대낮에도 어두울 정도의 깊은 숲과 인도의 삭막한 민둥산을 경험하면서 "부강한 나라의 산에는 나무가 무성하다."란 가설을 다시 확인하게 되었다.

이제는 어디를 가든 민둥산을 볼 수가 없다. 무성한 숲이 우리 국민이 식목일마다 애국심과 정성으로 나무를 심은 결과라고 생각하면 가슴 뿌듯하다. 간혹 보이는 각지게 이발한 듯한 산비탈은 경제적인 수종으로 개식(改植)한 부분이다. 다만 산불로 인하여 새카맣게 그을려 숲이 사라진 산을 보면 안타까운 마음이다.

나무가 우리에게 친근하게 다가온 것은 산뿐만 아니었다. 어느새 우리의 생활 속에도 가까이 다가와 공원에도, 가로수로도, 아파트 단지에도, 심지어 실내에도 초록으로 넘쳐 난다. 초록은 생명의 빛으로 우리의 삶에 활력을 불어넣는다.

5

식모

　나의 어린 시절에는 식구 외에 또 다른 식구가 있었는데, 그녀는 식모라는 사람이었다. 지금으로는 상상할 수 없는 당시의 빈곤은 도시에서는 덜하였지만, 농촌에서는 보릿고개를 넘기며 굶기가 예사였다고 한다. 그때 배고픔을 채우려고 예부터 내려온 초근목피를 뜯어 먹던 습관이 우리 음식의 나물이 되지 않았나 생각한다. 쑥, 고사리, 냉이, 도라지, 두릅, 비름나물, 머위, 곤드레 등등······ 식자재가 된 풀 나무는 끝이 없다. 지금도 봄이 되면 주위 산천에서 쉽게 볼 수 있다. 그 시절에는 아이들도 많이 낳았는데, 가난할수록 더 많이 낳았다. 그래서 농촌에서는 호구지책을 해결 못 해 일할 만한 나이가 되면 여자아이들을 도시로 식모로 내보냈다. 대부분 집안일을 하면서 침식만 하였고, 월급을 주더라도 소액이었고 월급 없이 있다가 시집갈 때 결혼 비용을 대 주기도 했다.

　우리 집에는 내가 고등학교 2학년 때 작은 집으로 이사 갈 때까지 식모를 두었다. 집집마다 식구로 생각하며 같이 동고동락했는데 심하게 차별하는 집도 더러 있었다.

다 큰 처녀가 좁은 집에서 궂은일 하면서 있다 보니 드러나지 않은 사건 사고도 많았을 것이다. 전통적으로 성 문제에 힘없는 여자의 입장에서는 말 못 하는 인권 유린이 많았으리라. 우리 동네에도 그런 일이 있었다. 길을 가다가 혼잣말을 하기도 하고 히죽히죽 웃기도 하는 노총각 형이 있었다. 그 형은 사 형제의 맏이였는데 집안도 괜찮았고 형제들도 반듯하게 자라 동생 둘은 결혼해 분가하여 잘 살고 있었다. 그 집에 식모가 들었는데 그 식모를 그 형이 건드렸고 임신까지 시켜 버렸다. 그 형의 홀어머니는 어떤 생각이었는지는 모르겠으나, 마침 식모의 친정이 멀지 않은 산비탈 집이어서 양가가 결혼시키기로 합의하고 결혼을 시켰다. 뒤에 낳은 아이는 예쁘고 똑똑하다고 동네에 소문이 났다. 이런 경우는 해피엔드였으나, 집주인이 건드렸던 식모를 그 아들이 또 건드리고 여주인이 고발을 했던 일이 신문에 나기도 했다.

식모들은 일도 많이 하는 데다 먹는 양도 다른 식구들에 비해 후순위인데도 불구하고, 대개 체형이 뚱뚱했다. 나는 그것이 이해가 되지 않았다. 나름대로 유추해 본 결과, 매일 밥을 하면 누룽지가 나왔는데 보통은 물을 부어 숭늉을 만들고 물누룽지를 먹었다. 대부분 그것은 식모에게로 돌아갔다. 식모들은 필수 영양가가 있는 반찬은 손을 못 대고 누룽지만 매일 먹다 보니 탄수화물 과

잉 섭취에 의한 비만이 오지 않았나 생각해 본다. 식모들은 주인 식구가 먹던 고기가 얼마나 먹고 싶었을까? 아니다. 사실 누룽지라도 실컷 먹으면 그것만이라도 행복했으니까.

식모에 대한 다른 기억도 있다. 중학교 3학년 때였다. 새로 식모가 들어왔는데 그녀는 식모답지 않은 외모를 가지고 있었다. 미인형의 얼굴, 잘 빠진 몸매에 키도 늘씬했다. 어떤 사정인지는 모르겠으나 대구에서 왔다고 했다. 같이 생활하게 되면서 그녀가 누나뻘이었지만 나는 이성으로 느꼈다. 그래서 서로 대화도 자주 했는데, 어머니는 얘기가 익어 갈 때면 그녀를 불러 일을 시켰다. 어느 날 밤이었다. 당시 옆방에는 할머니와 식모가 같이 잤다. 나는 새벽에 일어나 공부를 하고 있었는데, 방 사이의 미닫이문이 한 뼘쯤 열려 있는 사이로 식모가 자는 모습이 눈에 들어왔다. 나의 시야에 이불 밖으로 나온 그녀의 늘씬한 다리가 보였는데, 잠옷이 올라가 허벅지까지 보였다. 나는 책을 보다 고개를 돌려 그녀의 다리를 보고, 다시 책을 보다 그녀를 보는 것을 반복했다. 그것은 신이 주신 시험대였다. 그 뒤로 나의 그녀에 대한 연심은 속으로만 타고 있었다. 여름방학 때 내가 불쑥 어머니에게 누나랑 송도에 해수욕 가겠다고 했더니, 어지간한 나의 요구는 다 들어주시던 어머니가 화를 벌컥 내시고 다시는 그런 말 하지 말라고 하시는 것이었다. 그 뒤 얼마 되지 않아서 그녀는 자기 집으로 돌아갔다.

고등학교 1학년 때 있었던 식모는 뚱뚱한 데다 못생겼고 몸가짐도 단정치 못했는데, 유독 남자들에 대한 관심은 컸다. 집 밖 길가에 잘 나가서 지나가는 총각들을 보며 눈을 떼지 못하기도 해서 우리가 핀잔을 주기도 했다. 방귀가 잦으면 설사가 나온다더니, 어느 날 임신을 한 것이었다. 알고 보니 그 동네 이발소의 조수 총각과 눈이 맞고 배가 맞은 것이었다. 그 뒤 어머니의 승인 하에 두 사람은 동거 생활에 들어갔다.

서대신동 살 때에는 식모로 한 처녀가 왔는데, 어느 날 아침 식사 때 밥을 같이 먹다가 갑자기 경련을 하더니 드러누워 사지를 비틀고 눈동자가 돌아갔다. 간질병이었다. 온 식구가 밥을 먹다가 놀라서 바라보고, 어머니가 그 누나를 밥상에서 떨어지게 누이고 진정을 시켰다. 몇 분이 지나고 정신이 돌아왔다. 그녀는 자신이 그런 모습을 보인 것이 부끄럽고 미안한 듯 몸을 움츠렸다. 우리들은 그녀를 불쌍하게 여겼고, 어머니는 정이 많아 그녀를 데리고 있으려고 했다. 그런데 그 뒤 부엌에서 다시 넘어지자 어머니는 불을 다루다가 큰일 나겠다고 생각하시고 그녀를 돌려보냈다. 한창 피어날 나이의 그녀의 경련하던 모습과 수심 어린 그녀의 얼굴을 보고 측은지심에 빠지기도 했다.

6
이사

　중학교 2학년이 되어서야 내가 태어나서 13년간 자랐던 동대신동1가 보수천 변 동네를 떠나 동대신동2가에 있는 반듯한 기와집으로 이사를 했다. 그 집의 위치가 간선 도로변은 아니었지만 주택가 십자로에 한 모서리에 있었다. 이사를 하면서 노변 부분에 1층을 상가로, 2층은 살림집으로 쓰는 2층 건물을 지었다. 그것은 안채와 별도 건물이었으므로 세를 놓았고, 우리는 안채에 살았다. 나는 무엇보다 초가집을 벗어나 좋았다. 출입구가 별도였기 때문에 상가에 새로 들어온 젊은 부부와는 서로가 독립된 생활을 할 수 있었다.

　우리 집과 대각선으로 마주 보고 작은할머니(할아버지의 제수)가 당고모 가족과 같이 살고 계셔서 양가 간에 쉽게 교류를 하였다. 여름이면 수박이나 토마토를 나누어 먹기도 했다. 또 당고모가 집에 붙어 있던 가게에서 빙수를 팔고 계셨기 때문에 나는 여름날 하교하면 그곳에서 빙수를 먹곤 했다. 그때의 빙수는 앉은 키 정도의 빙수 기계에서 얼음을 칼날 위에 고정시키고 핸들을 돌려 얼음을 돌려 가며 갈았다. 밑에 놓인 그릇에 얼음 가루를 가득 담은 후 단팥과 정체를 알 수 없는 빨간색과 노란색의 식용색소를 뿌려 만들었는데, 양도 많이 주어서 아무리 더운 날 땀을 뻘뻘 흘려도 반도 먹기 전에 땀이 마르고 온몸이 얼어붙었다. 우리 할머니와 작은할머니는 남편 없는 홀할머니 동서가 되어 친하게 지냈다.

우리 집은 부산여상으로 올라가는 길목이었다. 내가 고등학교에 올라가자 아침 등교할 때 여상 학생들이 올라오는 반대 방향으로 걸어가야 했다. 시선을 피하느라 고개를 푹 숙이고 걸었다. 한 달이나 지날 때부터는 삼삼오오 지나치는 여상 학생들의 눈에 익혔는지 그녀들이 "야, 경고(경남고)." 하면서 희롱성 호칭으로 부르는 바람에 그 길을 피해서 등교했다. 고등학교 3학년일 때는 그 반대로 경고생들이 수원지 정문을 지나 학교 쪽으로 올라갈 때 아침마다 만나는 부산여고생이 있었다. 그녀는 얼굴이 하얗고 키가 훌쩍 큰 미모의 여학생이었다. 아무도 그녀에 대한 말은 안 했지만 나처럼 모두들 속으로 연모하지 않았을까 생각된다. 그런데 그녀는 나와는 달리 고개를 숙이지도 않고 길도 바꾸지 않고—그 길은 외길이었지만—얼굴을 반듯이 들고 당당하게 걸었다. 나에게는 신비로움에 쌓인, 다시는 보지 못할 여자로 맘속에 남아 있었다. 그런데 대학교에 들어가자 당시 나와 사귀던 여대생의 절친으로, 그녀와 이대 입구 다방에서 얘기할 기회가 있었다. 그녀는 지상의 남자와는 말을 나누지 않는 여신으로 내 맘속에 있었는데

애기를 나누다 보니 그녀도 짝을 찾고 있는 외로운 사람 여자였
다.

　3년 정도 그 집에 살다가, 운동장 뒤 서구청장 관사로 쓰이던 집
으로 다시 이사를 갔다. 그 집은 방이 여럿 있었고 마당이 넓어서
연못도 있었는데 위치가 좀 높은 곳이어서 전망도 좋았다. 두 집
에 세를 주었는데 그중 한 집에 같은 학교 친구가 있었다. 서로가
불편할 수밖에 없었고 그 친구는 아는 척은 했지만 잘 마주치지
않았다.
　그 후 우리 집의 가세가 기울었고 다시 검정다리 근처 막다른
골목 작은 집으로 이사를 했다.

행사

　중학교 때는 개교기념일에 하는 행사가 있었다. 전교생이 참가하는 마라톤이었다. 코스는 동아고등학교 근처에서 대티고개를 넘어 하단으로 가는 도로의 가운데에 반환점을 둔 왕복 5km였다. 그곳에서 손바닥에 반환점 확인 스탬프를 찍고 같은 길을 역류해서 출발점까지 달려 등수 확인서를 받았다. 시작할 때에는 자신만만하게 뛰어나가다가 돌아올 때는 천근만근 무거워진 몸을 끌고 왔다. 마라톤은 육체적 경기였지만 정신적 경기이기도 했다. 1학년 때 마라톤을 하던 날, 결승점을 얼마 남겨 놓지 않은 지점에서 나는 민한이와 앞서거니 뒤서거니 하면서 달린 적이 있었다. 민한이는 국민학교 동창이었지만 6년 동안 같은 반에 편성되지 못해 서로 말을 붙여 본 적이 없는 사이였다. 중학교에 들어서 민한이의 성적이 전교 상위에 있어서 나의 라이벌이기도 했다. 나는 민한이를 의식하면서, 다른 목표는 포기하더라도 민한이에게는 이기겠다고 이를 악물고 달렸다. 그렇게 같이 뛴 구간이 꽤 되었다. 결국은 내가 뒤처져 버리고 말았지만, 서로 간에 한마디 말도 없이 옆에 붙어 뛰었으니 지금 생각하면 입가에 미소가 흐른다. 민한이는 고등학교를 서울로 가서 나와는 다른 길을 걸었다. 그날 내 등수는 중간 정도였던 것 같다. 성적 우수자는 부상으로 운동화를 받아 주위의 부러움을 샀다. 온몸이 파김치가 되고 다리는 굳어 걷기조차 힘들었다. 돌아오는 길에 약국에 들러서 피로회복제로 '영진구론산'을 마시고 얼마 안 있어 씻은 듯이 피로가 풀려 약효에 감탄했다.

중학교 때에는 유달리 해양 훈련이라는 것이 있었다. 1학기 기말고사가 끝나면 여름방학이 시작되기 전 전교생이 해수욕장에서 하루를 보냈다. 1, 2학년 때에는 걸어서 송도로 갔고, 3학년 때에는 기차를 타고 송정으로 갔다. 여름 휴가철 전이었고 주말이 아니어서 해변은 우리만 사용하는 구간을 확보할 수 있었다. 사장의 한 부분을 정하여 경계를 긋고 그곳은 우리만의 전용 구역으로 사용했다. 전체 관리는 체육 선생님들이 하셨는데 처음에는 몸풀기 맨손체조를 하고 물속에 들어갔다. 사장과 바닷물 속에서 배구도 하고 파도타기도 하면서 하루를 얼굴이 까맣게 타도록 놀았다. 송도에 갔을 때 친구들과 물속으로 자맥질을 해서 조개를 잡기를 하다가 조개에 물린 상처가 내 오른쪽 무명지에 아직도 남아 있다.

단체 영화 관람도 했다. 대개 시험 일정은 2일간이었는데, 둘째 날 오전 중에 시험을 마치고 오후 시간에는 영화 관람을 갔다. 영화관은 시내에 있던 개봉관이었다. 시험을 잘 치른 아이들과 그렇지 못한 아이들의 영화를 보는 마음 상태가 달랐을 텐데. 영화가 축하일 수도 있고 위로일 수도 있었다고 생각한다.

수학여행은 2학년 1학기 때 일주일간 서울로 갔다. 숙소는 국민학교 때와 마찬가지로 관철동 여관이었다.

이와 같이 학교에서도 우리들을 위해 많은 배려를 한 학사 일정을 운영했다.

성적 관리

학생의 본분은 공부였고 공부의 잣대는 성적이었다. 경남중학교는 일류 중학교였기 때문에 향학열도 뜨거웠다. 3학년이 되면서 더욱 가열되었던 것은, 매 시험마다 옛날 과거 시험 급제자를 방을 붙여 고시하듯이 교사(校舍)의 벽에 기다랗게 붙였던 게시문 때문이었다. 게시문에는 붓글씨로 쓴 석차와 이름을 왼쪽부터 좌악 펼쳐서 공개했던 것이다. 학생들의 가장 아픈(혹은 자랑스러운) 비밀을 대중 앞에 공개한다는 것은, 비신사적이었지만 중3 수험생들에게는 그만한 자극제가 없었다. 3학년뿐만 아니라 전교생이 보았으니 동네 소문이 다 나는 것은 당연한 일이었다. 내가 2학년 때 보았던 3학년 석차 게시문의 1등을 놓치지 않았던 선배의 이름을 지금도 기억할 만큼 인기(?)가 있었다(그런데 그 선배는 경남고 수석은 놓쳤다). 우리 때에도 한 친구가 그 자리를 차지했는데 졸업 후 경기고로 진학했다. 그때 나도 아버지가 서울에 있는 친구에게 부탁해서 서울 유학을 보내려고 하셨는데, 약속을 했던 아버지 친구가 마음이 달라져 그 계획이 수포로 돌아가 버렸다. 목표가 사라지자 공부의 긴장감이 풀려 버렸다. 경남고에 가기에는 열심히 하지 않아도 되었기 때문이다. 그러자 성적이 급강하해서 전교 86등이 돼 버렸다. 그 성적도 게시문에 올랐고, 같은 학년에 다니던 6촌 동생이 집안에 소문을 내어서 내 귀에까지 돌아왔다. 내가 이제는 별것 아닌 존재라는 말에 자극이 되어 다시 공부의 고삐를 쥐었다. 성적은 V 자 커브를 그었고 뒷날 경남고에는 좋은 성적으로 입학했다.

겨울에는 소매에 두른 쌍백선의 긍지를 뽐내며, 여름에는 반바지에 나온 다리를 창피스러워하며 다녔던 경남중학교의 정든 교문을 나서며 잠시 감회에 잠긴다.

성장기 Ⅱ

1

반장을 다시 말다

고등학교 입학을 하고 나서 덕형관이란 멋진 원형 건물에서 수업을 받게 되었다. 건물의 구조가 주는 조형미와 기능성은 또 달랐다. 4층 원주 모양의 건물이었는데, 같은 층의 통로는 바깥 둘레를 따라 원형으로 되어 있고, 내부 공간과 연결되어 있는 출입구도 있었다. 내부 공간 중심축에 나선형 계단이 있었고, 계단과 교실 사이에 둥근 복도가 있었다. 360도를 나누었으니까 자연히 교실 모양은 모난 쪽을 베어 먹은 피자 모양의 부채꼴이었다. 지금의 국회 같이 책상들이 교단을 향하게 되어 있어서 강의에 집중할수 있었지만, 남향 교실은 여름에 무척 더웠고 북향 교실은 사시사철 햇빛을 볼 수 없어 겨울에 몹시 추웠다. 교실의 모양과는 관계없이 부산고등학교와 함께 해방 이래 부산의 일류 고등학교로 명예를 지키고 있었다.

학교의 구조는 산비탈에 있어서 반듯한 사각형이 아닌 특이한 모양을 하고 있었다. 정문으로 들어서면 정면에 덕형관이 보이고 구교사와 과학관이 별도로 있었다. 덕형관의 북쪽으로 운동장이 장방형으로 있었으며, 구교사 뒤쪽으로 또 다른 운동장과 그 뒤의 경사를 따라 학교의 자랑인 측백나무 조림지가 있었다. 나무의 키는 우리들 키를 훌쩍 넘었다. 조림지는 꽤 넓었는데 그곳은 경고인들의 꿈을 키우던 곳이었다.

중학교 2학년에 올라가면서 새로이 반장을 뽑았을 때 나는 반장 선거에서 차점으로 부반장이 되었다. 3학년에 올라가서는 부반장 직책조차 잃고 말았다.

고등학교에 올라오자 1학년 반장 선거에서 추천을 받아 나간 선거에서 부반장으로 당선되었다. 그런데 얼마 지나지 않아 반장 하던 친구가 감당하지 못해 직책을 내놓음으로써 내가 반장이 되었다. 그 후로 3학년 졸업할 때까지 반장을 맡았다. 그뿐만 아니라 적십자회 대표, 3학년 때에는 학생회 사회부장 역할까지 했다. 고등학교 3년간은 내 인생 최고의 영예로운 시절이었다. 공부 잘하고 리더십 있는 전형적인 모범생이었다. 그때는 내 속으로 희망하는 것이 안 되는 일이 없을 것 같았다. 외부의 반응은 그런 나를 인정해 주는 것 같았고 그만큼 나는 오만해져 갔다.

그와 반대로 집안 사정은 기울어졌는데 아버지가 다니시던 보험 회사의 지점장이 되지 못하고 그 회사를 사직하신 것이다. 그 후로는 불안한 직장생활을 하셨고, 어머니도 사기꾼에게 투자금을 떼이기도 하셔서 서구청장 관사였던 집에서 검정다리 근처의 막다른 골목집으로 이사를 했다. 그러나 내 생활의 변화는 없었다. 가계를 도울 만한 여건도 되지 않았고 내가 공부하는 데에 영향이 있을 정도는 아니었기 때문이다.

2
입주 생활

고등학교 1학년 때 아버지 회사의 상사의 집에서 입주 생활을 한 적이 있다. 4, 5개월 있었나 보다. 그 집에는 영재라는, 나와 같은 학년인 아들이 있었었는데 그는 대신중학교를 나와 경남고에 보결 입학을 한 것 같았다. 그 집은 도청 뒤 부자촌의 큰 이 층 양옥이었는데, 조금 언덕에 있어서 전망도 좋았다. 그 친구랑 같은 방을 썼다. 가르치는 일은 없었고 단지 생활만 같이 했다. 그 집 부모의 장남에 대한 기대는 컸고 장남은 그 기대에 부응하지 못했다. 영재는 공부에 대한 생각은 전혀 없었다. 학교를 파하면 나는 집으로 바로 왔고 영재는 옛날 친구를 만나는지 늦게 들어왔는데, 걔네 아버지가 오시기 전에 들어왔다. 집에서도 말이 없었고 내가 말을 붙여도 단답식 대답만 했다. 부모와 집안일에는 냉담했는데, 아버지에게 반항하지는 않았지만 부자지간에는 늘 찬바람이 일었다. 영재를 제외한 동생 3명과 부모들은 화목하였다. 여름철에 영재네 가족과 함께 해수욕을 갔다. 나는 가족들과 재미있게 놀려고 했는데, 영재는 할 수 없어 따라온 표정이었다. 성적표를 받으면 둘 다 그 집 부모님께 성적표를 내보였다. 한번은 나는 1등이고 영재는 꼴등이었다. 그래도 영재 어머니는 표정 한 번 변하지 않고 나를 칭찬해 주셨다.

그 집에 머무를 때 도청에 있던 상무관에서 검도를 배웠다. 그때의 내 생활의 범주는 학교와 상무관과 영재네 집이었는데, 거의 매일 같은 생활의 반복이었다. 학교가 파하면 집에 들렀다가 죽도를 들고 상무관을 찾았다. 상무관에는 경남고 검도부가 같이 연습을 하고 있었다. 나는 승급 시험 한 번 보고 영재 집에서 본가로 회귀했을 때 검도를 그만두었으나, 그때 같이 하던 동기 중 두 명은 공대까지 와서도 계속해서 4단까지 올랐다.

내가 우리 집으로 돌아온 뒤, 영재와 영재 친구와 함께 송정 캠핑을 같이 갔다 오면서 나와 영재 간에 마음이 트였다. 훗날 영재가 중앙대에 다닐 때 몇 번 만나서 술을 마신 적이 있었다. 영재는 졸업 전에 미국으로 유학을 갔는데, 방학 때 귀국해 만나서 미국 생활 얘기를 해 주었다. 옛날 침묵으로 일관하던 영재와는 다른 사람이 돼 있었다. 알고 보니 영재는 쉽게 마음을 열지 못했고 외로움도 많이 타는 친구였을 뿐, 한번 마음을 트면 오래 가는 친구였다. 그 뒤로 집안 모두 미국으로 이민을 갔고 영재가 목사가 되었다는 소식을 들었다. 나는 세상에 이런 반전이 있나 싶기도 하고 다행이다 생각했다. 그 뒤 소식은 부모가 완강하게 반대하던 연상의 이혼녀와 결혼하고 의붓아들을 데리고 경제적으로 어렵게 살고 있다는 소식에, 인생이란 이렇게 원하지도 않고 예상하지도 못한 방향으로 흐르나 싶어 마음이 쓸쓸해졌다.

3

여행

지나고 생각하다 보니 나의 고등학교 생활도 빈틈이 없었던 것 같다. 1학년 여름방학 때는 영재 친구들과 송정 캠핑을, 1학년 겨울방학에는 같은 반 친구들과 경주 여행을, 2학년 여름에는 치우회 친구들과 다시 송정 캠핑을, 겨울방학에는 서울 승우네 집과 하동 섬진강 여행을 갔다 왔던 것이다.

캠핑 때와는 다르게 여행 시마다 친구의 집에서 민폐를 끼쳤으니, 철없는 행동에도 편하게 받아들여 준 친구 부모님께 감사한 마음이다.

우리가 하동에 갔을 때에는 하동에서 보기 드문 폭설이 쏟아졌다. 폭설은 우리의 발목을 잡았지만 잊을 수 없는 추억을 남겼다. 내가 바쁘기만 했던 성장기 시절 정적인 자세로 감상에 젖었던 유일한 시간대이기도 했다.

섬진강 하구에는 아름드리 송림이 있었다. 신기하게도 모래밭에 뿌리를 박고 꽤나 넓은 구역에 펼쳐져 있었다. 처음 갔을 때는 밤

중이어서 숲은 보지 못한 채 나무들의 위용만 보고, 다음 날 다시 그곳에 갔다. 눈은 전경을 채우며 펑펑 쏟아졌다. 송림 너머의 정경은 시야를 가득 채운 동양화를 생각하게 했다. 섬진강은 오른쪽에서 왼쪽으로 흘렀고, 왼쪽에는 전라도로 넘어가는 경전선 철교와 국도의 다리가 자매같이 정답게 누워 있었다. 오른쪽으로는 상류로부터 섬진강이 하염없이 흘러왔고, 정면으로는 절벽 같은 산이 떡하니 보란 듯이 배를 내밀고 있었다. 산세가 수려하지는 않았다. 하지만 시야를 가득 메운 채 한겨울 나무들은 잎을 떨구고, 숭숭 난 터럭같이 산의 속살을 내보이고 있었는데 아, 거기에 외로운 암자가 있었으니 눈보라 속의 그 모습은 수렴으로 가려진 고고한 미인의 모습이었다. 쏟아지는 눈은 감춤으로써 돋보이게 하는 마술로 내 마음의 박동을 정지시켰다. 이것이야말로 미인의 자태다. 아름다움이 무엇인지 몰라도 누군가 물으면 바로 이것이라고 답해야겠다고 생각했다. 나는 잠시 동안 넋을 잃고 감상에 빠져 있었다.

"얼빠진 놈같이 서 있네. 춥다, 가자." 망연히 서 있는 나를 보고 지른 친구의 재촉이 감상에 빠져 허우적거리던 나의 영혼을 건져 주었다. 미인은 눈 속에서 사라지지 않고 있었고 지금 내 마음에도 남아 있다.

경주에서의 하루 저녁에는, 친구가 그 동네의 여자 친구들을 데려와 방 안에서 놀았다. 아줌마 같은 여고생들이 도저히 낯설고 마음에 들지 않아 피곤하게 보냈던 것과, 부산으로 오는 날 아침 여비가 동이 나서 교통비를 제외한 돈이 겨우 떡국 한 그릇값밖에 남지 않아 세 명이 나누어 먹던 일이 지금도 생각난다.

그에 비하면 서울에서의 선영이와의 데이트는 행복의 무지개였다. 승우네 집에서 머물던 어느 날, 승우는 생뚱맞게 나에게 국민학교 동창이었던 선영을 만나게 해 주었다. 선영은 부산여중을 졸업하고 이화여고에 다니고 있었다. 그 당시 부산 출신의 경기고, 서울고, 경복고, 경기여고, 이화여고생들이 모임을 가지고 있었다. 승우는 선영이와 국민학교 동창이라 더욱 편하게 만났고, 선영에게 부탁하기도 쉬웠던 것 같았다. 국민학교 때부터 선영이와 나는 서로 말할 기회도 없었고 나는 선영이를 막연히 오르지 못할 나무로 여기고 있었다. 왜냐하면 선영의 아버지가 큰 병원을 운영하는 이름난 의사였고, 부속국민학교와는 유대가 깊은 명문가였기 때문이었다. 눈에 익지 않은 종로2가 YMCA 빌딩에 있던 빵집에서 그녀를 만났는데, 승우는 우리 두 사람을 인사시키자마자 나가 버렸다. 나는 갑자기 낭패스러운 지경이 되어 버렸다. '선영이는 나를 어떻게 생각할까?', '선영이가 벌떡 일어서서 나가 버리지 않을까?', '나에게 선영이를 마주할 자격이 있는가?' 별의별 생각을 다 하면서 영광스러운 자리를 초조하게 지키고 있었다. '승우가 국민학교 친구 자격으로 나를 이리로 데려왔구나. 동창생이라면 마주 볼 자격이 되는 셈이지.' 하면서 큰마음을 먹고 선영에게 말을 걸었다.

"우리 영화 보러 갈까?"

조마조마하던 순간을 넘기고 "무슨 영화?"라고 하는 선영이의 대답에 속으로 환호하며 "여기서 제일 가까운 영화관이 어디 있지?" 하며 되물었다. 그녀가 나를 안내하며 우리는 중앙극장까지 걷게 되었다. 데이트를 한 것이다. 걸으면서 무슨 얘기를 했는지, 그날 영화 제목이 무엇이었는지, 영화관을 나와서 무엇을 했는지, 아무것도 생각나지 않는다. 다만 그녀가 신고 있던 까만색 단화가 무척 예뻤다는 것을 빼놓고는.

그 후의 전개가 궁금한 분들을 위하여 사족을 단다. 나는 그 일이 있은 후 선영이를 잊었다. 왜냐하면 그녀는 내가 쳐다보기에는 너무나 크고 높았기 때문이었다. 그녀의 미모가 특별난 것도 아니었고 그녀의 재능이 대단한 것도 아니었지만 근접할 수 없는 무엇 때문에 나는 그녀를 나의 동창생이라는 틀 속에 두고 잊어버렸다.

그리고 대학 생활 중의 어느 여름날 부산에서였다. 어떤 과정이 있었는지 생각나지 않으나 남자 국민학교 동창 몇 명이 선영이네 집으로 초청을 받아 가게 되었다. 그 집에 들어서니 여자 친척들이 우리만큼 계셨다. 식사를 하고 서로 얘기를 나누었는데, 내가 주목받을 처지가 아니었는데도 선영 친척들의 말씀들이 나에게로

쏠리는 것을 이상하게 느꼈다. 공부 잘하게 생겼다는 둥, 지금 어느 학교에 다니냐는 둥 말씀들이 있었는데 선영이가 대답을 도와주는 것 같았다. 그 후로도 나는 선영이를 변함없이 동창생으로 여겼고, 그러고는 아무 일도 없었다.

세월이 적당히 흐른 후 이대 입구에서 나와 혜경이와 선영이가 걷고 있었다. 그즈음 혜경이와 나는 동창회 관계로 편한 친구 관계로 있었고, 선영이는 우연히 오랜만에 만난 참이었다. 선영이는 의대를 다녔고 혜경이는 영문과를 다녔다. 그런데 같이 걷는 중 갑자기 혜경이가 안고 가는 원서 교재를 보고 선영이가 시비를 거는 것이었다. '잘난 척하지 말라.'라고. '원서를 남 보이게 갖고 다닌다고 유식한 게 아니다.'라고. 그리고 몇 마디 가시 돋친 말을 하고는 제 갈 길을 가 버렸다.

세월이 흐른 지금 눈치 없이 살았던 바보의 현실 인식과, 예민했던 여대생의 꿈이 어긋나 버린 비극에 아쉬운 공상만이 씁쓸한 미소를 짓게 한다.

학급지 『넝쿨』

고등학교 1학년 때 반장을 맡고서, 무언가 반을 위해서 일을 해야겠다고 생각했다. 그래서 떠올린 것이 학급지 발행이었다. 학급지의 발행은 반원들 전원 참가를 목표로 하면 반에 대한 구심점의 역할을 할 수 있으며, 권태로운 학교생활에 활력소로 기여할 수 있다고 생각했다. 나와 문화부장이 중심이 되어 학급지의 제명을 뻗어 나는 새순의 힘찬 모습과 반원들의 어울림의 모습을 상징하는 『넝쿨』로 정했다.

시작을 하다 보니 별것 아니라고 생각했던 것이 별것이 되어 버렸다. 내용에는 학사 일정, 논설, 뉴스, 시, 수필, 단편, 청탁 원고, 상담, 앙케이트, 편집 후기 등이 있었다. 앙케이트의 내용 중에는 인기 있는 여고는 부산여고, 경남여고, 남성여고의 순이었고, 장래 희망 직업에는 여고 선생, 번데기 장수도 있었다. 원고를 모으고, 기사 취재를 하고, 이마를 맞대어 편집을 하고, 성금을 모으고, 인쇄소를 섭외하고, 배부처에 공급을 해야 했다. 학급지를 우리만 보는 것이 아니었다. 전교의 각 반으로 돌렸으며, 전국의 이름이 알려진 고등학교 1학년 5반들에게도 우송하였다. 10월에 창간호가 나오고 매월 발행해서 연말까지 3호가 나왔다. 16절지 갱지에 가리방(등사기)으로 긁어 쓴 글로 16면을 만들었으니까 서투른 글과 틀린 문법, 사투리로 점철된 인쇄물이었다. 그러나 신문반의 열정과 반원들의 호응으로 반의 단합과 자존심을 내세울 수 있었다.

배부한 학급지에 대한 교내 반응도 좋았지만 교외(校外)로 보낸 것에 대한 답장도 만만찮게 받았다. 부산 시내의 고교 외에도 서울, 인천, 진주, 마산 등지에서 보내온 답장을 낭독하기도 하고 게시판에 올리기도 했다. 그리고 『넝쿨』에 자극을 받았는지 자기들도 내겠다는 편지도 있었다.

인연이란 예상을 넘어서도 생기는 것인지 공설 운동장에서 '중공 핵실험 반대 시민 궐기대회'가 있었는데 부산 시내 중·고등학생들도 동원되었다. 궐기대회를 마치고 우리에게 손님이 찾아왔는데, 부산여상 1학년 5반 학생들 몇 명이었다. 『넝쿨』지를 보내 주어서 고맙다고 하면서, 자기들이 도울 수 있는 일이 있으면 돕겠다는 말을 하였다. 우리는 그 일이 딱히 도움을 받을 일이 아니었기 때문에 정중히 사양했다.

교우 관계

2학년 때 1년 선배, 1년 후배와 셋이 의형제를 맺은 적이 있다. 서로의 약속이 끈기 있게 지속되었고 서로 자주 만나 우의를 나누었다. 그렇게 될 수 있었던 것은 수평 관계가 아니라 상하 관계였기 때문이다. 선배의 경험은 후배에게 정보와 충고를 줄 수 있었을 뿐만 아니라, 동급생하고는 다른 상경하애하는 의존 관계가 생겼기 때문이었다. 학교 밖에서도 우애는 지속되었다. 서로의 집에도 편하게 들락거렸고 명절에는 세배도 다녔다.

학교를 졸업하고도 관계는 계속되었다. 선배는 상대를 졸업하고 금융기관에 다니다가 사업을 시작한 후 불의의 사고로 일찍 세상을 떠났다. 공교롭게 후배도 상대를 나와 은행에 다녔고, 오랫동안 의형제 관계를 유지하다 수년 전에 지병으로 저세상으로 갔다. 안타까운 일이었다. 인간의 관계는 사람이 만드나 생사의 문제는 인간의 손을 떠나 있었다.

2학년 때 치우회란 클럽에 가입을 했다. 그 모임은 중학교 때 결성되어서 활동해 왔으나 나는 중도에 가입한 것이다. 그 클럽은 좀 폐쇄적이었으나 한편은 학구적이었다.

한번은 토론회를 벌였는데 주제가 '삶이란 의지에 지배를 당하는가 환경에 지배를 당하는가?'였다. 자연히 두 편으로 나뉘어 열띤 논쟁을 벌였다. 얼마나 열이 올랐는지, 혹은 토론에 익숙지 못했는지 두 친구가 멱살을 잡고 싸웠다. 열띤 토론회였으나 결론은 없었다.

케네디 대통령이 취임하면서 후진국 평화봉사단 파견의 일환으로 우리 학교에도 슐츠(Schultz)라는 분이 와서 영어 교육을 맡고 있었다. 대학 재학 중인 것 같았는데 형처럼 느껴지는 사람으로, 키도 우리 정도로 크지 않았다. 치우회에서 그분과 해운대 해수욕을 가기로 했는데, 제주도에서 같은 일을 하고 있던 그분의 걸프렌드와 동행하기로 했다. 그녀도 슐츠 선생님과 같이 개방적이고 명랑했다. 대화를 영어로 했기 때문에 그 정도만 서로의 문을 열어 놓고 있었다. 물속에서 수영도 하고 기마전도 하면서 즐겁게 놀다가 비치파라솔로 돌아와 쉬면서 얘기들을 했는데, 그 여자 선생님이 제주도 체험기를 얘기했다. 선생님이 화장실을 갔는데 푸세식 화장실의 아래에서 배설물을 받아먹느라고 돼지들이 꿀꿀대고 있더라면서, 너무 놀랐다고 눈을 크게 뜨고 박장대소를 했다. 우리들도 그런 것은 모르고 있었기 때문에 같이 웃느라, 그녀가 그 위기를 어떻게 넘겼는지에 대해서는 미처 묻지도 못했다. 그 돼지가 지금은 명품 식자재가 된 제주 흑돈의 조상인 똥돼지다.

중학교를 같이 다니고 부산고등학교를 다니는 친구가 있었는데, 그 친구가 부산고 부회장 일을 맡아서 우리학교 학생회와 교류를 할 수 있었다.

그 친구의 노력으로 두 학교의 학생회 간부들이 모여 회합을 가졌다. 그중 한 주제가 두 학교 간에 연고전처럼 정기 운동경기를 하기로 한 것이었다. 그것은 두 학교의 선의의 경쟁으로, 매년 두 학교뿐만 아니라 부산의 축제가 될 수 있다고 생각해서 쉽게 합의를 이루었다. 그런데 문제는 디테일에 있었다. 그 경기의 이름을 무엇으로 하느냐, 즉 경부전으로 하느냐 부경전으로 하느냐였다. 타협안으로 매년 이름을 교대하자는 안까지 나왔으나 그러면 첫해의 명칭을 무엇으로 하느냐에 다시 의견이 부딪혔다. 결국은 모교에 대한 애교심을 극복하지 못하고 무산되고 말았다. 그렇지만 그렇게 만든 인연으로 데모할 때는 서로가 동시 참가와 데모의 수위 조절에도 도움을 주었다. 그 후 대학교에 가서도 인연이 계속되어 주당 클럽을 만들기도 했다.

✳ 6
데미안을 만나다

내가 기주를 알게 된 것은 중학교 1학년 때였다. 시골서 왔는데 공부를 뛰어나게 잘한다는 소문을 듣고 멀찌감치 그 얼굴을 본 것에서 시작되었다. 얼굴의 폭보다 길이가 짧은 것 같아 눈에 띄었다. 그런 동글동글한 얼굴 때문인지 음악선생님으로부터 '똘놈'이라는 애칭을 얻었다는 것도 들었다. 기주는 중학교 3년 동안 같은 반이 한 번도 되지 않아 성적 게시문에 오르내리던 이름 밖에는 다른 인연이 없었다.

고등학교에 입학하면서 기주가 수석 입학을 했다는 소식을 들었다.

내가 치우회에 들어오면서 회원으로 있던 기주와 얘기를 나누게 되었지만, 속마음으로는 그에 대한 궁금증이 풀리지 않고 있었다.

2학년 초여름께나 되었나 보다. 치우회 친구들이 다대포에 놀러 갔다. 우리는 석양을 등지고 송도를 향해 바닷가를 삼삼오오 걷고 있었다. 우연히 기주와 같이 걷게 되었고 우리 두 사람은 대화 삼매에 빠져들었다. 대화라기보다는 기주의 일방적인 얘기였고, 그것은 기주가 읽었던 『데미안』이란 소설의 해설이었다. 나는 그 책을 알지도 못한 상태였으므로 자연히 기주의 일방적인 말에 귀를 기울일 수밖에 없었다. 나는 책 내용도 모르면서 기주의 해설에 빠져들었다. 기주는 책 뒷면에 붙어 있는 해설과 비교하여 설명을 하였다. 해설에서는 데미안이 싱클레어의 분신이란 것으로써 풀이를 했는데, 기주의 해석에 의하면 데미안뿐만 아니라 데미안의 어머니인 에바 부인도 싱클레어의 분신이란 설명이었다. 인간에게는 누구나 지향하는 이상적 대상이 있기 마련인데, 싱클레어의 인간적 대상이 데미안이라면 에바 부인은 싱클레어가 추구하는 연인으로의 이상적 대상이란 것이었다. 인간은 틀을 깨기가 힘들다. 『데미안』이란 소설에서 해설은 그 소설의 틀이고 대부분의 독자들은 그 틀 안에서만 이해하지만, 기주는 그 틀을 깨고 헤세의 심중을 들여다본 것이었다. 나는 기주의 얽매이지 않는 영혼에 빠져서, 그 책을 바로 사서 그의 해석을 따라 소설을 정독했고 이해했다. 그러면서 어렴풋이 기주의 그림자가 나를 둘러싸는 전율을 느끼게 되었다. 그에 덤으로 나는 크로머가 어린 싱클레어를 괴롭히던 얘기에서 수만이에 대한 나의 기억을 반추하는 것 같아 헤세의 작품 세계에도 빠져들었다. '새는 알을 깨고 나온다.'라는 소설 속의 시구는 평생 지워지지 않는 명구로 남아 있고, 『데미안』은 책을 바꿔 가며 서너 번은 읽은 애독서가 되었다.

기주는 다른 면에서도 나를 놀라게 한 적이 있다. 국어 시간에 세익스피어의 「맥베스」의 한 구절에 대한 최재서 선생의 해설을 공부했다. 국어 선생님은 최재서 선생이 우리나라 영문학의 선구자로, 햄릿의 'To be or not to be.'란 유명한 대사를 '죽느냐 사느냐.'로 최초로 번역한 분이라고 했다.

어느 날 기주 집에 갔다가 기주를 기다리면서 기주 책상에 앉아서 책꽂이를 훑어보다가 『세익스피어 해설』, 최재서 지음'이란 책을 발견하고 깜짝 놀랐다. 그 책은 미색 표지에 4, 5백 쪽은 족히 될 두터운 책이었다. 국어 선생님이 말하던 최재서의 책이었다. 그 뒤 얼마 있지 않아 나는 헌책방 골목을 뒤져 같은 책을 구했다. 나는 책 중의 「맥베스」 편을 찾아서, 맥베스가 피 묻은 칼을 바닷물에 씻자 바다가 핏빛으로 물드는 장면에서의 내용을 읽어 보았다. 국어 선생님의 설명과 한 치도 틀리지 않음을 알게 되었다. 기주는 물론 읽었을 것이고, 기주의 수준이 선생님의 수준과 동렬임을 알고 나는 감탄과 동시에 전율했다. 대학교 국문학과를 졸업하고 수 년간의 국어 선생 경력을 가진 선생님의 수준.

덧붙여 나는 또 기주의 책꽂이에서 사르트르의 『존재와 무』란 벽돌 책을 발견하기도 했다. 지금 생각하면 대학 시절 내가 카뮈의 소설책 몇 권을 읽고 실존이 이러니저러니 했을 때 기주가 듣고는 속으로 얼마나 웃었을까 하니 얼굴이 뜨거워진다.

또 한번 기주의 넓은 보폭을 못 따라가면서 그의 사유의 자유로움에 두 손을 든 적도 있었다. 어느 날 기주가 우리 집에서 놀다 돌아가는 길에 골목 어귀에서 나에게, "너는 알고자 하는 어떤 것에 대해서 잊고 있다가 문득 그 해답을 얻은 적이 있느냐?"라고 물었다. 뜬금없는 질문이기도 하고 나에겐 경험도 없는 질문이라 듣고만 말았는데, 그 한참 후 내가 성인이 되었을 때 인간의 사고가 어떤 결론을 얻을 때 추론에 의한 것과 직관에 의한 것이 있고, 직관에 의한 해득만이 통찰의 경지에서 얻을 수 있는 것임을 알았다. 그때야 비로소 몇십 년 전 기주의 말을 이해했고, 나는 다만 기주를 나의 '데미안'으로 여기고 있는 것만으로도 행복했다. 기주는 나의 친구이자 선지식이었고 북극성이었다.

기주는 잘 웃고, 화를 내지 않았다. 천재에게 따르는 교만이 없었고 현실적 욕구에는 초연했다. 그가 교양과정부를 마칠 때 최고 평점을 받은 것을 아는 사람은 드물 것이다. 기주는 서울대 물리학과를 졸업하고 미국 유학을 가서 학위를 따고 미국서 결혼하고 NASA에 근무하다 은퇴했다. 은퇴 후에 한국에도 종종 나와 옛 친구들을 만나는데, 머리숱은 줄었어도 옛날의 꾸밈없는 태도, 말투, 웃음에 변함이 없어 참 좋은 친구다.

맹장 수술

수학여행은 학창 시절에 추억을 만드는 좋은 기회였다. 나는 친구들과 여행 계획을 짜고 있던 중 떠나기 사흘 전에 배가 아프기 시작했는데, 종전의 복통과는 다른 통증이었다. 집에서 멀리 떨어져 있지 않은 동일의원에를 갔다. 의사 선생님이 진단을 하고 맹장염이라고 했다. 나는 수학여행 스케줄을 말하면서 갈 수 있을지 물었으나, 선생님은 아급성이라면서 여행 가능 여부는 명확하게 대답을 하지 않았다. 나는 여행을 갔다 와서 수술을 받으려고 했으나, 어머니가 병원도 없는 설악산에 가서 그곳에서 급한 일이 생기면 어떻게 하려냐면서 못 가게 하셨다. 결국은 하루 전날 여행비를 환불받고 여행을 취소하였다. 친구들은 여행을 떠나고 나는 병원에 입원했다.

수술은 하반신 마취만 하고 했는데 간호사가 나를 모로 눕게 하고 목뒤와 다리를 안아서 꼭 끌어당겨 새우등을 만들고 의사 선생님이 척추에 마취 주사를 놓았다. 다시 바로 누웠는데 정신은 말짱하였으나 다리를 움직일 수가 없었다. 간호사가 뱃가죽에 지방이 이렇게 얇은 환자는 처음 본다고 웃으면서 실황중계를 해 주었다. 수술을 마치고 사흘간 병원에 누워 있었다.

병원에서 퇴원하고 집에서 안정을 취하고 있을 때 수학여행을 다녀온 친구들이 문병을 왔다. 승식이가 수학여행 기념품이라면서 머루주 한 병을 내놓았다. 나는 다시 병원 보내려고 그러냐고 하면서 다 같이 웃었다.

수업이 시작되는 날 허리를 잘 펴지 못한 채 등교했다. 나는 그 해 말에 개근상을 받았고 졸업 시에도 3년 개근상을 받았다. 공교롭게도 맹장 수술 하는 날이 수학여행과 겹쳐져 결석을 피한 것도 참 우연이라 생각하니, 복권 당첨도 그런 것이구나 하는 생각이 들었다. 어쩌면 우연이란 것이 간혹 얼굴을 내밀면서 사람들에게 생기를 일으켜 주는 것 같다.

8

수상한 사람

2학년 때였다. 점심시간이었는데 정문 경비실에서 와서 나를 찾아온 사람들이 있다고 나와 달라고 했다. 정문으로 가니 낯선 사람 두 명이 기다리고 있었다. 자기들은 경남고 선배들이라고 하면서, 자기들이 존경하는 선생님이 있는데 인생에 도움이 되는 강의가 있으니 참가하기를 바란다고 했다. 저녁 6시 반에 부산시청 정문으로 나와 달라고 하고 돌아갔다.

오후 내내 결정을 못 하다가 6시가 다가오자 가기로 결정했다. 집에는 말도 않고 버스를 타고 부산시청으로 갔다. 정문에 들어서니 여러 명의 고등학생들이 교복을 입은 채 모여서 서성거리고 있었다. 얼마 후 낮에 찾아온 선배들이 우리들을 버스에 태워 영도 청학동 종점까지 데려갔다. 그곳은 그 당시 인적이 드문 시골 풍경의 스산한 곳이었다. 마침 늦가을의 해가 기울어 을씨년스러운 분위기였다. 어둑한 산비탈을 조금 올라가 조그만 외딴 집으로 들어갔다. 뒷방으로 우리를 인도했는데, 좁은 방 안에 이미 10명 이상의 학생들과 성인들이 있었다. 우리와 합쳐서 20명은 족히 되었다. 벽에는 작은 칠판이 걸려 있었는데 그 앞에 땅딸막한 30세쯤 되어 보이는 안경 낀 남자가 강의 중이었다. 한쪽 벽을 따라서 대학생처럼 보이는 젊은이들이 남녀 섞여 댓 명이 꿇어앉아 작은 수첩을 손에 들고 말씀을 받아 적고 있었다. 나는 무슨 비밀 조직인 것 같아 긴장을 풀지 않고 앉아 있었다. 백열등 아래 강사는 열강을 했는데 듣기로는 주제가 두서없이 왔다 갔다 하며 난삽했다. 철학, 수학을 포함한 모든 학문에 대한 자신의 해석과 공산주의에 대한 비판 등이었는데, 간첩은 아닌 것 같아 속으로 안심했다. 두 시간은 족히 흐른 후. 강의를 끝내면서 삼립 빵을 하나씩 돌려 주면서 소감을 써내라는 것이었다. 나에게도 용지가 왔기 때문에 글을 모호하게 써냈다. 감상문은 제자들이 거두었다. 선생은 자기가 그저께 대구에서 강의할 때는 학생들이 열광했고 눈물도 흘렸다면서 열기 없이 듣고만 있던 학생들을 보고 아쉬워하는 표정이었다. 그러고는 끝이었는데 캄캄한 밤길을 다시 더듬고 내려와 귀가했다. 그리고 그 뒤로 아무 연락이 없었다.

몇 년이 지나고 대학 다닐 때 덕수궁에서 열렸던 국전을 보러 갔다. 대통령상이 서예 부문에서 나와서, 수상 작품에 대한 비판과 예찬이 교차했던 국전이었다. 그 작품은 한글로 쓰인 4m 정도의 족자 형태였다. 글의 제목은 「애국시」였고 '우리에겐 조국이 있다……'로 시작되는 순 한글체 문장으로 대작이었다. 작품이 높이 있었으므로 고개를 들고 보고 있었다. 그런데 내 앞에 서서 같이 보고 있는 사람이 어딘가 눈에 익었다. 다시 자세히 보게 되었고, 그는 몇 년 전 영도 청학동에서 강의를 했던 그 사람이었다. 그때 나도 모르게 긴장을 하며 짧은 시간 동안 어떻게 해야 할지 갈등을 했다. 인사를 해야 할지, 그냥 못 본 척 자리를 떠야 할지 망설였다. 왠지 만나서 안 될 사람인 것 같았다. 나는 슬금슬금 뒷걸음으로 그 자리에서 나왔다. 그리고 감상하지 않은 많은 작품들을 뒤로 하고 쫓기듯이 덕수궁을 나왔다.

군대 전역 후 복학했다가 방학을 맞아 부산 집에 머무를 때였다. 서울서 내려온 친구들은 부산 친구들과 날이면 날마다 시내를 돌아다니며 놀고 있었다. 그때 부산 친구들이 친하게 지내는 김 형이란 사람을 나에게 소개했다. 나이는 열 살 정도 연상이었으나 젊은 사람을 좋아해서 특히나 부산 친구들과는 막역히 지내고 있었다. 같이 광복동 다방에서 예닐곱 명의 친구들과 그 형을 만나 차를 나누며 환담을 하고 있을 때였다. 내가 대화의 빈틈을 메우고자 무심코 미스테리한 청학동에서의 일에 대한 이야기를 꺼냈다. 친구들이 관심을 갖고 점점 더 이야기 속에 빠져 들었다. 친구들 사이에서 그 이야기를 귀담아 듣고 있던 김 형이 이야기 도중에 "그 사람 어떻게 생겼습디까?" 하고 물었다. 나는 "키는 땅딸막하고 안경을 꼈는데……"라고 말하다가, 안경 너머 미소 짓는 김 형의 얼굴이 청학동 오두막집 선생의 얼굴에 꼭 맞게 오버랩 됨을 보고 그 자리에서 얼음이 되고 말았다. 대화는 적당히 얼버무려졌는데 두 사람 마음속의 확인 외에는 다른 사람에게는 알려지지 않았다.

그 후로 그 사람은 부산 친구들과 멀어졌다. 부산 친구들은 그 전에 그 사람과 함께 숱하게 술도 마시고 같이 패싸움도 했다는데도 그 사람의 정체를 알지 못했고, 그 사람의 이름조차 아는 친구가 없었다. 그 사람은 바람과 같이 나타났다 바람과 같이 사라지면서 흔적조차 남기지 않은 투명인간이었다.

9
이성 관계

사춘기 때 손이라도 잡을 정도로 가까이 지내는 여학생은 생각도 할 수 없었고, 말이라도 주고받았을 수 있는 상대가 있었다면 잊을 수 없는 추억이 되었을 것이다. 그러나 중학교 때는 음담패설이 담긴 책을 보거나 음화를 보면서 남몰래 성욕을 발산하던 것 외에는, 나의 정신적인 연정의 대상은 두 분 여자 선생님밖에 기억에 남는 사람은 없다.

한 분은 처녀 음악 선생님이었다. 음악 시간에만 볼 수 있었던, 날씬하고 얼굴이 하얀 분이었다. 그녀는 대부분의 여드름쟁이들의 짝사랑의 대상이었는데 나는 왜 그랬는지 그 대열에서는 비켜나 있었다. 음악을 좋아하지도 않고 노래를 잘 부르지도 못해서였는지 모르겠다. 두 번째 분은 3학년 때의 국어 선생님이었는데, 중년의 아담하고 인자한 선생님이었다. 다 큰 수컷들이 장난으로 던지던 질문에도 그 선생님은 우스갯말로 받아 줌으로써 수업 시간을 어머니같이 이끄시던 분이었다.

사회생활을 하게 되면서 동창회 후에 옛날 선생님 몇 분을 모시고 저녁 식사를 했다. 그때 20년 전의 남자 선생님 세 분과 함께 음악 선생님도 오셨다. 선생님은 이미 옛날의 새침하던 모습은 사라지고 중년 부인의 후덕함을 보여 주셨다. 술을 마시는 동안 보여 준 자신 있게 사는 모습이, 같이 오셨던 남자 선생님들을 압도하고 있었다.

고등학교에 진학한 이후로는 위의 선생님들 같은 이상의 여자가 아니라, 같은 또래의 여학생들을 만날 기회가 왔다. 그 첫 번째 기회는 내가 과외 수업을 해 주었던, 어머니 친구의 딸들이었다. 존재의 가치는 생각하기 나름이란 말이 맞듯이 내가 선생님으로 가르칠 때는 그저 제자의 모습일 뿐이어서, 과외가 끝나자 그런 이미지로 헤어졌다. 그런데 어느 날 친구와 둘이서 보수국민학교 앞을 걷고 있을 때였다. 친구와의 얘기에 열중하고 있었는데 한 여자아이가 나에게로 달려와 무언가를 안기고 달아나 버리는 것이었다. 달아나는 뒷모습을 보고 내 제자 중 한 아이였음을 알아챘다. 나에게 안겨준 것은 『사랑했으므로 행복하였네라』라는 책이었다. 그 당시 센세이션을 일으켰던 책으로, 유치환 시인이 이영도 시인과 연애 중에 쓴 편지를 모은 서간집이었다. 나는 그 제자에게서는 특별한 감정을 못 느꼈으므로 더 이상 진전은 없었다.

치우회와 만나던, 부산여고의 바인(Vine)이란 클럽이 있었다. 각

각 회원 수가 10명씩 정도 되었기에 함께 어울리기에도 적합했다. 재학 중에 몇 번 만났다. 한번은 휴가철이 아니었는데 해운대에 같이 간 적이 있었다. 우리는 사장을 맨발로 걸었는데, 여학생들은 여자는 결혼 전에는 함부로 속살을 보이지 않는 거라고 하면서 양말을 신은 채로 걸었다. 그것을 보고 참 보수적이라고 좀 놀랐다. 그녀들과는 기억나는 추억이 없다. 그러나 회원 중에는 그런 감정을 가진 친구도 있었고, 훗날 바인의 여학생과 결혼을 한 친구도 있었다. 그 친구 부부를 우연히 만난 적이 있다. 내가 복학 후 친구와 둘이서 필동에서 아르바이트를 하고 있을 때, 그 집의 2층에서 신접살림을 하고 있던 그 친구 부부를 우연히 만난 것이다. 그 친구는 근처 병원에서 레지던트를 하느라 고생을 하고 있을 때였는데, 그 친구 부부가 우리를 저녁 식사에 초대했다. 그 친구의 아내는 고등학교 때 이후로는 처음 보았는데, 조신하던 여고생의 모습과 생활 속 주부의 모습 사이에 간격이 너무 컸다. 그래서인지 같은 자리에 앉아서도 불편하고 말하기도 어색했다. 쭈뼛대는 우리에게 "가을 전어는 머리에 깨가 서 말 들어 있대요."라면서 전어 구이를 권하는 그녀의 말에 그 자리의 어색함이 풀어지고 말문이 트였다. 여자의 아름다움이란 나이와 환경을 떠나 새로운 형태로 다시 태어남을 알았다.

또 다른 이야기는 송도에서 시작된다. 고등학교 1학년 때였다.

그때는 내륙 지방의 유원지에서 그러듯이 송도에 보트를 타러 다녔다. 바다라서 보트가 더 컸고 노 젓기도 더 힘들었다. 나 혼자서 타기도 했는데, 1시간 정도 바닷물 위에서 흔들리며 마음의 때를 털어 내고 오기도 했다. 그날도 혼자서 사복을 입고 보트를 타고 있었는데 세 명의 여학생이 교복을 입은 채 보트 놀이를 하고 있었다. 바다 가운데서 웬 용기가 생겼는지 나는 그 보트에 접근했다. 교복을 보고 부산여고 학생임을 알았다. 내가 얘기를 걸었고, 한 시간 정도 뒤에는 부평동 사거리의 한 모퉁이 조그만 천사당이란 빵집에 네 사람이 앉아 있게 되었다. 빵을 먹으면서 그녀들이 부산여고 2학년생이라는 것을 알게 되었다. 내가 연하라는 사실이 그녀들의 마음을 편하게 했는지, 그 뒤로도 같이 만나게 되었다. 시간이 흐르면서 한 사람이 빠지고, 시간이 흘러 또 한 사람이 빠져 둘만 남게 되었다. 둘 사이의 어설픈 오누이 관계가 계속되었다. 누나 동생 사이, 친구 사이, 연인 사이 가운데 갈등을 꽤 했던 것 같다. 내가 고등학교 3학년 때, 대학생이었던 선배와 누나를 서로 인사시킨 적이 있었다. 그 후 두 사람 사이가 가까워졌다. 어느 날 밤 셋이서 만났다가 선배가 바쁜 일로 먼저 가고 나와 누나 둘이서 걷게 되었다. 어두운 골목길에서 그녀가 할 말이 있다고 했다. 담벼락에 등을 기댄 채 나를 보며, 자기에게 하고 싶은 말이 있으면 하고 자기가 미우면 뺨이라도 때리라고 하였다. 그럴 때는 이수일과 같이 귀싸대기를 올리든가 신성일과 같이 키스

라도 했으면 멋있는 이별이 되었을 텐데, 나는 아무런 말도 못 하고 돌아섰다.

일기장에 남아 있는, 그 1년 전쯤에 썼던 편지를 오글거리는 마음으로 다시 펼쳐 본다.

누나,

어느 날 일입니다. "누나"라고 부를 수 있었습니다. 당신이 나를 볼 때 나는 당신을 못 봤고, 나의 시선이 당신의 뒷모습에 갔을 때는 당신은 나를 안 보았습니다. 그때 "누나"라는 터질 것 같은 소리를 속으로 누를 때는 담배 연기를 삼키는 만큼이나 괴로웠습니다.

누나,

그 후로 지금까지 어떻게 참아 왔는지 나도 알 수가 없습니다. 목말랐던 기나긴 순간들이 허공에 찢어 버리고 싶도록 밉기도 하고, 미운 만큼 지워 버리고 싶기도 했습니다. 그러나 이상스럽게도 나를 시간의 반항아로 만들어 피가 역류하듯이 알지도 못하는 그때의 무엇을 향해 거슬러 올라갔습니다.

누나,

나는 망설이고 있습니다. 번민의 두 갈래 길에서 싸우고 있습니다. 그로부터 사흘 후. 이렇게 하지 않으면 안 되는 나를 보고 무의지의 인간, 미래를 포기한 인간이라고 비난하며, 스스로를 제어하지 못하는 인간임을 알고 내가 싫어지고 무서워지고 생각조차 하기 싫어졌습니다.

누나,

1년 전 우리 역사의 여명기에 나는 당신을 알았다는 말을 일기장에 또 박또박 썼던 사실을 기억합니다. 그러나 지금은 아무리 읽어도 꼬집어 생각해도 당신을 알았다는 말을 이해하지 못함은 내가 늙었다는 것입니까, 그것이 거짓말이란 말입니까?

누나,

인간의 부정적 단면을 잊어버리고자 합니다. 당신이 있는 이상은. 당신이 나의 눈앞이나 나의 기억 속이나 나의 마음속에 있을 때, 나는 인간의 어두운 모습을 잊어버립니다. 당신의 말은 왜 부드러운가요? 당신의 손길은 왜 따뜻한가요? 당신의 가슴은 왜 포근한가요? 나는 알 수 없습니다. 언젠가는 풀리어지리라 생각합니다. 그것은 나의 절실한 희망입니다.

상상의 것으로 영원히 남기고 싶은 당신, 경아에게 안녕.

고등학교 졸업할 때까지의 이성 관계는 이런 밋밋한 관계가 모두였지만, 그러나 한 순간마다 나름대로 마음 졸이고 절망하고 환희를 느끼기도 했던 아름다운 추억이기도 하다. 그 시절의 주된 목표인 대학 입시라는 엄청난 부담을 지고 짧은 시간의 일탈을 한 것이 결코 후회스러운 것은 아니라는 생각을 한다.

10

비밀 약속

고등학교 3학년 시절은 스트레스로 숨 막히는 기간이었다. 짧고도 긴 그 시간대를 통과하는 것은 인내의 시험이었다.

어느 날 나는 그 스트레스 해소책으로, 친한 친구인 승식이에게 결투 신청을 하게 되었다.

"승식아, 수업 끝나고 나하고 뒷산에 올라가자."

"자식, 소주 생각이 나나 보네."

"그게 아니라, 나하고 한번 붙자."

"뭐?"

"나하고 싸우자는 말이야."

"……."

승식이의 표정이 복잡하게 변했다. 승식이는 그 자리에서는 무슨 이유인지 물어보지 않았다.

방과 후 우리 두 사람은 말없이 뒷산 철조망을 향해 올라갔다. 철조망 안쪽에는 조림한 나무들이 들어서 있어 적당한 자리가 없었다. 교내에서는 남의 눈에 띌 수 있었으므로 철조망의 개구멍을 통해 밖으로 나갔다. 두 사람이 싸울 만한 적당한 공간을 찾아보았으나 적당한 곳이 없었다. 영화에서는 그런 곳이 쉽게 나타났는데 현실은 그렇지 않았다. 찾다 보니 거의 정상에 다다랐다. 그곳에는 나무들이 없었다. 경사가 조금 지고 바닥에 돌부리도 있었지만 그런대로 싸울 수는 있었다. 심판도 관중도 없다 보니 양념 안친 찌개같이 맹맹하기도 했지만, 그래도 싸우는 당사자들은 긴장으로 주위가 보이지 않았다. 승식이가 나에게 똥구두(군화)를 벗으라고 했다. 똥구두가 불공평한 무기로 작용하기 때문이었다. 처음에는 주먹을 쥐고 빙빙 돌다가, 주먹으로 헛방을 몇 번 휘둘렀다. 한쪽이 발로 차는 것을 다른 한쪽이 잡고는 쓰러뜨리고 뒤엉켜서 풀밭 위를 뒹굴었다. 그러던 중 서로 주먹을 휘둘렀고 한참 주거니 받거니 하다가 서로가 지쳤는지 "그만하자." 하고 일어섰다. 나는 주저앉아 있었고, 승식이는 일어서더니 "내려가자."라고 했다. 나는 "승식아, 내 마음대로 해서 미안하다. 오늘의 일은 두 사람의 평생 비밀로 하자. 난 좀 더 있다 갈 거니까 먼저 가." 하면서 승식이가 내려가는 것을 보았다. 승식이를 보내고 나는 그 자리에 다시 누웠다. 하늘에는 구름이 짙게 끼어 있었다.

그날 저녁 집으로 돌아와서 일기를 썼다.

"……산마루에 누워서 올려다본 하늘은 구름이 끼어 있었다. 내 마음속의 구름도 걷혀지지 않았다."

다음 날 학교에 갔더니 반 아이들이 나와 승식이를 보고 한쪽의 눈두덩의 피멍과 다른 한쪽의 손에 두른 붕대를 보고 "둘이서 싸웠구나." 하면서 공연한 관심을 가졌다.

앙가주망

　내가 고등학교 3학년이 되던 1967년 제7대 국회의원 선거가 있었다. 여당인 민주공화당이 압승하였다. 여촌야도(與村野都)의 전형적인 선거 결과였다. 막걸리 고무신 부정선거라고 민심이 흉흉했고, 대학생들은 여기저기서 들썩이고 있었다.

　우리 주위에서도 데모를 하자는 분위기가 움트고 있었다. 열 명 정도의 학생회 간부들이 한 친구의 집에서 비밀결사를 하고, 백지에 우리의 행동에 대한 결의문과 그 아래 참가자의 이름과 손도장을 찍었다. 모두들 비장한 분위기였다.

　다음 날 첫 교시 예비 벨이 울리자 간밤에 계획한 각자의 행동 지침에 따라 움직이기 시작했다. 나는 우리 반의 교단에 올라가 반원들에게 시위의 취지를 알리고 교문 앞으로 집합하도록 선동했다. 출입문 앞에서 담임 선생님이 제지하는 것을 밀치고 나갔다. 3학년 각 반을 다니며 술렁거리는 학우들에게 시위에 참가하라고 재촉을 했다. 그러던 도중 옆 반 담임 선생님에게 뺨을 얻어맞았다. 나는 선생님에게 시위의 정당성에 대해 말하고, 계속 학우들을 독려하며 교문 쪽으로 달려갔다. 교문 앞에는 수백 명의 학우들이 모여 있었고 주동자 중의 한 명이 높은 조경석 위에서 시위의 취지를 말하며 시위를 독려하고 있었다. 그런데 막상 진출하려고 보니까 경비 아저씨들이 교문을 잠궈 놓았다. 그때 누군가 "문을 부수자!"라고 고함을 질렀다. 어떤 학우가 가져왔던 오함마 (양손 망치)를 내가 빼앗아 교문에 걸려 있던 쇠불알만 한 자물쇠를 내려쳤다. 하지만 꿈쩍하지 않았다. 달려온 경비 아저씨에게 오함마를 빼앗기고 우리는 출문을 못해 우왕좌왕했다. 그때 누군가 "수원지로 가자."라고 한 말에 시위대가 반대쪽으로 움직이기 시작했고, 선두부터 달리기 시작했다. 나는 시위대 속에 휩쓸려 달렸는데, 학교의 수원지 쪽 경계는 철조망으로 되어 있어서 쉽게 통과할 수 있었다. 수원지 정문을 통과하여 시청을 목표로 움직였다. 시위대는 여러 갈래로 나뉘어졌다. 나는 수원지 입구에서 시위 중인 학우들을 집결시켰다. 50, 60명쯤 되는 시위대를 만들고 대열을 맞추었다. "부정선거 다시 하자."라고 구호를 외치고, 질서를 강조하며 시위대를 이끌었다. 흩어져 있던 학우들이 모여 백 명 정도의 시위대가 되었다. 오와 열을 맞추어 한 목소리의 구호를 외치던 중 동대신동 파출소를 지났으나 제지를 받지는 않았다. 지나가는 사람들이 쳐다보기도 하고 박수를 치기도 했다. 장학관이 지프차를 타고 다가와 해산하라고 종용하기도 했다. 우리는 계속 전진하다가 검정다리 앞에서 진행을 저지하는 선생님들과 만났다. 선생님들은 "이만큼 했으면 너희들의 뜻이 충분히 전달되었으니 이제는 학교로 돌아가라." 하고 우리들을 달랬다. 30분가량 승강이를 하면서 나아가지 못하고 있다가 더 이상은 무리일 것 같아서 학교로 되돌아왔다. 교문 앞에서 웅성거리다가 선생님들의 강청에 해산을 했다. 나는 다음 날 휴교령을 내리더라도 한 사람도 빠짐없이 등교하라고 지시하고 해산을 시켰다.

시위 전에 부산고등학교와 동시 시위를 하기로 합의한 바 있었는데, 한쪽만 시위해서 휴교 당하는 불이익을 막기 위해서였다. 부산고등학교도 우리만큼 시위를 했고 그날 저녁 지방지에 시위 보도가 사회면에 나왔다. 다행히 휴교는 하지 않았다. 뒷얘기로, 시위대 중 부산시청까지 가서 경찰에 끌려갔다가 훈방되었던 열성파 무리도 있었다.

그 당시를 되돌아보면 정의에 의한 의협심이 행동화된 것은 틀림없으나, 시위를 바라보는 판단력과 행동은 이성적이었다기보다는 감정에 쏠렸었다는 생각이 든다.

12

기억에 남는 선생님들

1학년 때다. 입학한 지 얼마 되지 않아서 아직 학교생활이 낯설 때였다. 교실의 창문이 깨져서 점심시간에 목공반을 찾아갔다. 그곳에서 목공하시는 분을 찾았더니 점심 먹으러 갔다고 했다. 곧장 돌아서서 식당으로 갔다. 한 분이 점퍼를 입은 채 밥을 먹고 있었다. 많지 않은 머리숱을 빗지 않은, 수더분한 얼굴의 그분에게 내가 가서 "아제씨, 우리 반 유리창이 깨졌는데 고치 주이소."라고 말했다. 그랬더니 "머라고? 머라캤노?" 하면서 되물었다. 내가 다시 말했더니만, "예끼놈, 허허허." 하면서 손사래를 쳤다. 그분은 목공 아저씨가 아니라 3학년 현대문 담당 이 선생님이었다. 이 선생님은 털털한 성격에 옷차림도 수수했다. 그렇지만 강의는 여백 속에 의미를 남기는 명강의였다. 내가 졸업한 뒤 우리 학교에서 부산여고로 전근 가셨다가 서울의 학원가에서도 유명세를 떨쳤다는 소식을 들었다.

이 선생님은 나와의 '유리창 고치 주이소' 에피소드를 그냥 두지 않았다. 위 학년 선배들에게서, 이 선생님이 수업 시간에 그 에피소드를 얘기하셨다는 말을 들었다. 내가 3학년 되어서도 현대문을 가르치던 이 선생님은 "이 반에 혹시 그놈이 있는지 모르겠는데. 2년 전에 내가 식당에서 밥을 묵고 있는데, 어느 녀석이 와서 내보고 목공 아이냐고 묻는 기라. 내가 목공같이 생깃나?" 하는 것이었다. 아이들은 폭소를 터뜨리고 선생님도 히죽거리며 웃었는데, 나 혼자 얼굴이 벌겋게 되어 고개를 숙였다.

나는 선생님이 그것으로 끝냈을 리가 없다고 본다. 그 뒤 부산여고에서, 또 서울의 학원가에서 나와의 에피소드를 얼마나 팔아가며 선생님의 이미지 어필을 했을는지 궁금하다.

1학년 때 해석 담당을 하시던 남 선생님을 잊을 수 없다. 남 선생님은 유머가 지나쳐 좀 기괴한 행동을 많이 했다. 수학 시험을 치면 점수에 따라 벌을 주었다. 가르치던 교탁에 한 사람씩 올라가게 하여 칠판을 향해 서서 종아리를 걷게 한 뒤에 막대기로 때렸다. 나도 첫 시험에서 50점 만점에 20점인가 받았기 때문에 다리를 걷고 맞았는데, 맞는 아픔보다 아이들에게 가느다란 다리를 내보이는 게 더 부끄러웠다. 그뿐만 아니라 수시로 떠드는 아이들, 조는 아이들의 귓바퀴나 귀밑머리를 잡아당기기도 했다. 나선형 계단을 4층까지 소리 없이—다른 반의 수업에 방해가 되지 않도록—30초 이내에 달려갔다 오기 벌도 주었다. 나는 그때의 벌에 자극받아 집에서 해석 정해를 열심히 풀었다. 그 뒤의 월례고사에서 50점 만점을 받았고, 그 후로도 해석의 문제를 풀어 가는 방향을 잡게 되었다. 남 선생님은 나에게 좋은 결과를 가져다주신 것이다. 선생님의 점퍼의 지퍼를 목 끝까지 끌어올린 딱딱한 모습과 장난을 하는 유연한 모습 양면의 기이한 행동이, 우리들에게 수학의 딱딱함에 친밀성을 갖게 해 준 제스처가 아니었나 생각한다.

3학년 담임을 맡으셨던 조 선생님께는 미안한 마음이 앞선다. 선생님은 연세도 있으시면서 몸집도 왜소하셨다. 처음 자기소개를 하면서 이름도 병칠이라 어릴 때부터 병치레가 많으셨다고 하시면서, 어린 우리들에게 함부로 언행을 하지 않으셨다. 반장인 나에게도 편하게 대해 주셨는데, 담당하고 있던 과목도 국문학사라 주목받는 과목도 아니었다. 가장 후회스러운 것은 3학년 시위 때다. 교실을 나가려는 내 앞에서 선생님이 말렸는데, 나는 선생님의 호소도 무시하고 밀고 나왔던 것이었다. 그 뒤에도 그 일로 사과조차 못 했고, 졸업 후 어느 날 선생님이 돌아가셨다는 소식에 제자로서 내 할 일을 못다 한 미련에 마음이 무거웠다.

13

대입 고사

　경남고등학교의 목표는 많은 서울대 입학자 수였다. 불문율이었지만 그것에 따라 전국의 고등학교의 서열이 정해졌다. 그때는 고등학교도 시험을 쳐서 입학생을 뽑았으므로, 학교의 순위는 중요했다. 전통에 따라 일류 고등학교는 거의 고정적으로 서열이 정해져 있었다. 전국적으로 서울의 경기고, 서울고, 경복고가 1, 2, 3위로 고정되었다. 4위부터 6위까지는 대구의 경북고, 부산의 부산고와 경남의 '영남 3교'가 매년 엎치락뒤치락하며 순위 경쟁을 하고 있었다. 경남고는 전해까지의 몇 년 동안 120~130명을 합격시켰는데, 그중 30~40명은 재수생이었다. 서울대의 커트라인은 과별로 정해졌다. 학교에서 진학 지도를 하는데, 기준은 마지막 3회의 모의고사 평균 성적에 따른 순위를 정하고 그 순위에 따라 각 과별 응시 자격을 부여하는 것이었다. 최고점 과는 문과에서는 법대 법학과, 이과에서는 문리대 물리학과였다. 두 과 모두 커트라인은 전교 30등이었다. 그 커트라인은 응시 가능선이 아니라 합격 확정선이었다. 그러니까 경남고에서 모의고사 30등 내의 학생은 서울대 어느 과나 갈 수 있었다. 나는 그 속에 있었다.

우리가 시험을 본 1968년 1월 21일은 이틀 중 첫날이었다. 그날 저녁 이화동 하숙집에서 다음 날 시험을 위한 마음 정리를 하고 있던 중이었다. 어디선가 콩 볶는 듯한 소리가 들려왔다. 다음 날 아침 뉴스를 통해 북한에서 특파된 124군 부대가 청와대를 습격한 사건이 터진 것을 알았다. 시험은 예정대로 행해졌다.

부산으로 내려와 초조한 며칠을 보냈다. 합격자 발표 날, 친구네 집에 모여서 발표를 기다렸다. 나는 그 자리에서 불합격 소식을 들었다. 한순간에 합격자와 불합격자의 경계가 그어진 우리는 말 없이 술잔을 돌렸다.

다음 날 터덜터덜 집으로 내려왔다. 물거품같이 사라진 고등학교 3년간의 노력에 온몸의 기력이 빠져 버렸다. 실패를 몰랐던 18년간의 삶에 그때까지 쌓아 올렸던 공적을 한순간 무너뜨린 한 방의 충격을 받은 영혼은 나락으로 떨어졌고, 내일에 대한 희망은 허공으로 사라져 버렸다.

6년 동안의 개근과 우등은 어디로 갔나?

현실 앞에서의 자신감과 미래에 대한 확신은 어디로 갔나?

텅 빈 가슴을 찬바람이 뚫고 지나갔다.

알을 깨다

　졸업을 한 지 한 달이나 지난 즈음이었다. 자갈치 횟집에서 네 댓 명의 친구들이 모여 술자리를 같이했다. 친구 중에는 나 같은 낙방자도 있었고 합격자도 있었다. 술자리의 분위기는 낙방자들의 우울과, 그것을 보고도 함부로 위로의 말도 할 수 없었던 합격자들의 조심스러움으로 차 있었다. 그것이 어느새 술에 의지하는 모습으로 되어 술잔을 돌렸고, 술기운에 충무동으로 나와서 2차 술집까지 가게 되었다. 2차 술집을 나와 어지간히 취기가 오른 친구들은 한 사람 두 사람 버스 정류장에서 집으로 향했다. 나는 집으로 가기 싫었다. 마지막 남은 사람이 승식이와 나였다. 둘은 말 없이 정류장에 서 있다가 내가 말을 꺼냈다.

　"우리 저 위로 올라갈래?"

　내가 가리킨 곳은 충무동에서 가까운, 유서 깊은 사창가인 완월동이었다. 두 사람은 의기투합하여 택시를 잡았다. 굳이 버스를 타지 않고 택시를 잡은 것은, 둘 다 말만 들었지 초행이었고, 차마 걸어서 가기에는 얼굴을 들 수가 없었기 때문이었다. 택시 기사는 우리를 안전하게 핑크빛이 흘러나오는 길가의 어느 집 앞에 내려 주었다. 우리는 호객하는 아주머니를 따라 한 집으로 쭈뼛대며 들어갔다. 각각 한 여자의 인도로 각 방으로 들어갔다. 여체에 대한 신비, 난생 처음 가지는 체험 앞에 중심축은 몹시 흔들렸고, 나는 상을 차리기도 전에 국그릇을 쏟아 버렸다. 18년 동안 고이 간직한 순결의 대가는 창녀의 욕설과 구박으로 돌아왔다. 비몽사몽간에 밤을 지새우고 새벽녘에 승식이를 불러내어 그 집을 나왔다. 우리는 죄 지은 사람마냥 큰길을 피해 오두막집이 빼곡히 차 있는 골목길을 따라 내려왔다. 큰길에 도달하니 그 길은 송도로 가는 아랫길이었다. 우리는 말없이 길을 건너 방파제로 향했다. 새벽의 방파제는 인적이 없었고, 바닷바람이 불고, 추웠다. 우리는 방파제의 가장자리에 걸터앉았다. 눈앞에는 수평선이 펼쳐졌고 하늘에는 잔뜩 구름이 끼어 있었다. 너울은 파도가 되어 테트라포드에 부딪혀 산산이 부서졌다. 부서진 포말은 찬 물방울이 되어 얼굴에 와 닿았다.

'파도야 어쩌란 말이냐…… 날더러 어쩌란 말이냐……'

귓가에 유치환의 시가 맴돌았다. 그 시는 애정을 애타게 갈구하는 것이었지만, 내 가슴에 울리는 시구는 그것과는 다른 어떤 것이었다.

"나 비참하게 동정을 버렸네."

"……그래? 나도 그랬는데."

그것은 새로운 세상을 향한 첫 번째 아픔이었고 우리는 일란성 쌍둥이같이 그 고통을 공유했다. 집과 동네와 학교만의 세상, 가족과 친구와 선생님만의 세상은 무지갯빛이었다. 울기도 하고 싸우기도 했지만 그것은 삶의 부드러운 한쪽의 일이었고, 해가 뜨면 어둠을 잊어버리고 다시 웃음을 찾았다. 호밀밭의 포용심은 우리들에게 눈물을 흘리게 하더라도 아픔은 오래 가지 않았다. 지나온 18년의 세상은 서로 믿고 마음껏 행동하고 넘어져도 쉽게 일어나는 순수의 세상이었다.

호밀밭의 낭떠러지에서 위선을 보았다. 위선뿐만이 아니었다. 판도라의 상자에서 쏟아져 나온 이기심, 폭력, 음모, 기망, 질시, 증오, 비정한 재력, 잔혹한 권력은 바이러스같이 세상을 활개 치고 있었다. 그 첫 번째 아픔은 화장으로 위장하고 돈을 위해 몸을 파는 파렴치하고 부도덕한 악녀의 모습이었다. 그것은 알을 깨는 아픔이었다. 새가 알을 깨고 나올 때는 아픔이 따른다. 알을 깬 새의 눈에 들어온 세상의 모습이 푸른 하늘일지라도 그 푸름이란 희망만 안겨 주는 것이 아니었다. 그 푸름 속에는 추위도 바람도 폭풍우도 숨어 있었다. 그 푸름을 배경으로 솟아오르는 맹금은 어느새 목숨까지 채 갈지도 모른다. 영원히 무지갯빛 호밀밭에서 안주할 수 없는 삶이라면 '파도야 어쩌란 말이냐?'라는 질문의 주객을 바꾸어야 했다. '문준아 어떻게 살아갈래?'라고 파도가 나에게 물었다. 눈앞의 바다를 다시 바라보았다. 바다는 바다일 뿐만 아니라 우리 앞의 세상일 수도 있었다. 우리의 미래는 하얀 이빨을 드러내고 우리에게 달려오는 노도를 넘어야 하는, 그래서 저 먼 수평선을 향해 헤엄쳐야 하는 새로운 세상이었다.

"알겠제? 우리 앞에는 알지 못하는 새로운 세상이 놓여 있어."

"맞아, 새로운 세상은 새로운 눈으로 봐야겠지."

우리는 차가워진 서로의 손을 잡고 운명의 지남(指南)을 공유했다.

나의 성장기는 이것으로 종언을 고했다. 승식이와 나는 무덤까지 가지고 갈 두 번째 비밀을 간직한 채 바지를 털고 일어섰다.

에필로그

　이 글을 쓰다 보니 나의 성장기 18년은 묘하게도 3등분 되어 있고, 각각은 6년간의 기간으로 돼 있으며, 각각의 기간이 끝날 때마다 매듭이 지어져 있음을 알게 되었다. 그것은 마치 결정의 격자 구조 같기도 하고 자연의 법칙 같기도 하다.

　첫 번째 6년인 유년기는 평범한 중류 가정에서 태어나 주위의 애정으로 인한 유약한 아이로서 세상 물정을 모르고 바람결대로 살았던 시절이었다.

　두 번째 6년인 소년기는 의도하지 않았던 국민학교 생활을 하면서 그 또한 세상의 풍상을 피해 살아온 따뜻한 온실 속 삶이었다. 5학년 때 만난 담임 선생님은 나에게 기회와 시련의 길을 마련해 주셨다.

　마지막 세 번째 6년인 중·고등학교 시절은 내 인생의 개화기였다. 나에게 주어진 시간은 나의 의도대로 사용되었으며 내일은 목표하는 대로 이루어졌다. 나는 자신만만했으며 한쪽에서는 교만이 싹을 트고 있었다.

18년간의 삶은 그 속에 있을 때는 물결 따라 흘러가기만 한 것 같았으나 그것에서 떨어져 조망해 볼 때는 극적인 굴곡이었다.

 유년기 끝의 매듭은 나도 몰랐던 행운이었고, 소년기 끝의 매듭은 또 다른 의외의 행운이었고, 성장기 끝의 매듭은 예상을 배반한 불운이었다. 그것은 삶의 아이러니였다. 그것은 내일에 대한 암시이기도 했다. 절망 속에도 희망이 있고 희망 속에도 절망이 있다는 것. 자신의 노력 외에 보이지 않는 외력이 작용한다는 것. 삶이란 자신의 의지와 환경의 조화에서 이루어진다는 것.

 방파제에서 부서지는 파도를 보며, 호밀밭의 절벽 아래를 내려다보며, 알 수 없는 내일의 세상을 맞이할 준비를 한다.

 단지 예감할 수 있는 것은, 그 세상에는 무지개가 걷혀지고 다시는 나타나지 않는다는 것이다.